纪伯伦自画像

译者秦悦和冰心先生合影

人生箴言录

冰心题

【黎巴嫩】纪伯伦 著 秦悦 译 冰心 题签

漓江出版社
·桂林·

图书在版编目（CIP）数据

人生箴言录 /（黎）纪伯伦 著；秦悦 译 . — 桂林：
漓江出版社，2023.4

ISBN 978-7-5407-9295-4

Ⅰ. ①人… Ⅱ. ①纪… ②秦… Ⅲ. ①散文集—黎巴嫩—现代 Ⅳ. ① I712.65

中国版本图书馆 CIP 数据核字（2022）第 155577 号

人生箴言录（RenSheng ZhenYan Lu）

作　者：（黎巴嫩）纪伯伦　译　者：秦悦

出 版 人：刘迪才
策划编辑：王　坤
责任编辑：王　坤
书籍设计：石绍康
责任监印：张　璐

出版发行：漓江出版社有限公司
社　址：广西桂林市南环路 22 号
邮　编：541002
发行电话：010-85891290　0773-2582200
邮购热线：0773-2582200
网　址：www.lijiangbooks.com
微信公众号：lijiangpress

印　制：北京中科印刷有限公司
（北京市通州区宋庄工业区 1 号楼 101 号　邮编：101118）
开　本：880mm × 1230mm　1/32
印　张：5.375　字数：100 千字
版　次：2023 年 4 月第 1 版
印　次：2023 年 4 月第 1 次印刷
书　号：ISBN 978-7-5407-9295-4
定　价：46.00 元

目录 / *Contents*

格　言

我在对露珠的沉思之中，发现了大海的秘密。

*　　*　　*

我到哪儿才能找到一个受理智支配，而不是被习惯与冲动所操纵的人呢?

*　　*　　*

一个人接受的礼物越多，他的朋友就越少。

*　　*　　*

如果你很穷，那就请避开那些以财富度人的势利小人吧!

*　　*　　*

我宁愿在最卑微的人群中做一个梦想者，拥有无数个有待实现的美梦，而不愿在那些既无所梦、又无所欲的人群中做老爷。

*　　*　　*

人生有两件东西弥足珍贵：一是美，二是真。我在有爱的人的心里发现了美，在劳动者的手上发现了真。

*　　*　　*

一谈起瘟疫和饥荒，人们就会恐惧得发抖。然而，每当他们谈起涂炭生灵的亚历山大和拿破仑时，却全都带着狂热的崇拜。

*　　*　　*

节俭就是慷慨，当然吝啬鬼除外。

*　　*　　*

我只要看看人们的吃相，就知道他们是什么样的人。

*　　*　　*

那些堕落到把自己的梦想全都归结为金银财宝的人，再也没有谁比他们更低下了。

*　　*　　*

有人曾经对一个死不改悔的空谈者说："你的话能够抚慰和治愈受伤的心灵。"听了这个话，他先是闭口不语，进而又自诩为医生。

*　　*　　*

有人在我吻他脸颊时打我耳光，却在我打他耳光时来吻我的脚。对这样的人，我该说些什么呢?

*　*　*

一个人乞求爱情而得到激情，他的生活真是太艰辛了。

*　*　*

接近民众便是接近神灵。

*　*　*

婚姻不是使人死亡，就是给人新生，没有模棱两可的选择。

*　*　*

那些夸夸其谈之辈口口声声说:“我是照亮人们生活旅途的蜡烛。”我要逃离他们。反之，那些借助于众人之光摸索前行的人，我要尽量接近他们。

*　*　*

蛰居在心灵深处的东西就像被监禁的奴隶，除非它化作身体的一部分。

*　*　*

有些丝绸的面料是用粗布镶边的。

*　*　*

有人以为我在向他们眨眼示意，其实，我这时是要闭上自己的眼睛，避免看到他们。

*　*　*

我的论据能使蠢人开窍，智者的论据能使我信服。但如果有一个人说的道理介于睿智和无知之间，那么，他不能让我心悦，我也无法使他诚服。

* * *

如果祈求回报是信仰宗教的目的，如果爱国只是为了满足一己之私利，如果接受教育也只是为了升官，那么，我宁愿既不信教，也不爱国，情愿做一个卑微无知的人。

* * *

如果有人否认我们同他的亲属关系，正如我们否认同猴子的亲属关系一样，那么，一个新的纪元就要来临了。

* * *

有的人用耳朵来听，有的人用胃来听，有的人用钱袋来听，还有的人则根本不听。

* * *

有些人就像海绵，除了他们从你这儿吸走东西之外，你不可能从他们那里挤出点什么来。

* * *

世界之大，容不下两个在各方面都完全相同的人。

* * *

人类的历史是这样的：呱呱坠地，结婚成家，与世长辞；再呱呱坠地，结婚成家，与世长辞；又呱呱坠地，结婚成家，与世长辞。这时，一个满腹奇想的疯子出现了，告诉人们一个梦幻中的不同世界：那里有更有教养的人，梦见的不仅仅是降生、婚嫁与死亡。

*　　*　　*

那个给自己的国家带来灾难的人，从不播一粒种，从不砌一块砖，从不织一寸布，他只是以政治为职业。

*　　*　　*

一个人过分装扮，等于承认了自己的丑陋。

*　　*　　*

有人说，沉默寓于满足。而我却要对你说，否定、反抗和蔑视都寓于沉默。

*　　*　　*

没有把无知扎根在我心灵之中的人，我还没碰到。

*　　*　　*

真理是灵感的女儿，分析和争论则使人们远离真理。

*　　*　　*

谁宽恕你不曾犯下的罪孽，谁就是在宽恕他自己犯下的罪过。

*　　*　　*

弃儿是这样一个孩子：他的母亲出于爱情和信念怀上了他，在对死亡的极度恐惧中生下了他，用一片破碎的心裹上了他，放到孤儿院门前。然后，在胸前的十字的重压下，她低垂着头，走开了。为了使她的悲剧更加圆满，你我还会嘲讽她："真不要脸！真不要脸！"

*　　*　　*

树雄心，立壮志，也是一种工作。

*　　*　　*

智者与傻瓜之间的分界线，比蜘蛛网还要纤细。

*　　*　　*

有人苦中取乐，有人则只有用污物才能将自己洗净。

*　　*　　*

对地狱的恐惧就是地狱本身，对天堂的向往就是天堂自己。

*　　*　　*

我们不能忘记现在仍然有洞穴居民，那些洞穴便是我们的心灵。

*　　*　　*

我们得随着季节改换衣装，但季节却不会改变我们。

*　　*　　*

我喜欢这样三种文学作品：表现反抗的、追求完美的和长于抽象的。我痛恨者也有三：一味模仿、任意歪曲和烦琐复杂。

*　　*　　*

如果你要在两种邪恶之中作选择，最好选择比较明显的那种，而不要选择隐藏得很深的那种，尽管前者看起来要严重得多。

*　　　　*　　　　*

我要远离那些不感到剧痛便不讲真话的人；我要远离那些好事做尽而又动机不纯的人；我要远离那些靠挑别人的错来获得自尊的人。

*　　　　*　　　　*

大海的歌是消失在沙滩上呢，还是消失在听海人的心灵深处？

*　　　　*　　　　*

有钱人总是想同出身高贵的人攀亲附戚，出身高贵的人喜欢在有钱人中择婚选偶。但双方却又谁也瞧不起谁。

*　　　　*　　　　*

我们中的大多数人总是在无声的反抗与喋喋不休的顺从之间徘徊。

*　　　　*　　　　*

用心险恶的人，永远不能得逞。

*　　　　*　　　　*

所谓最佳的心境，就是对自己内心竭力反对的东西也能容忍，而最糟的心境，是连那些顺心的事情也忍不住要反抗。

*　　　　*　　　　*

他们现在喂给我同情的奶液。要是他们知道我从降生之日起便与这种柔软的流质无缘，那该多好啊！

*　　　*　　　*

高尚的人是那些经历过人间一切庸俗之事，并且又起来反抗这些东西的人。

*　　　*　　　*

奇怪的是，我的美德非但从未给我带来过任何好处，反而只有害处。然而，我的邪恶却从未给我带来任何不幸。尽管如此，我仍然执着地奉献我的美德。

*　　　*　　　*

哦，我的心！如果无知的人对你说，心灵的死寂就像身体的消亡一样，你就告诉他：鲜花凋零，种子却留下了。这就是造化的法则。

*　　　*　　　*

你要想见识山谷，那就请登上峰峦；你要想看清峰峦，那就请升上云端；但你要想明白云彩的秘密，你就得闭上眼睛遐想。

*　　　*　　　*

生活亲吻我们的双颊
不管白天还是黎明，
它也嘲笑我们的行为
无论傍晚还是黎明。

*　　　*　　　*

当一个女人看着你的时候，你可以听她讲话；但她对你讲话的时候，你不一定要听。

*　　*　　*

钟情代表年轻的心，多虑代表成年人的心，而雄辩则代表衰老的心。

*　　*　　*

有谁会在暴风雨呼啸之时，去听小溪的赞美诗呢？

*　　*　　*

一个人想死，却又为所爱的人而不得不活下来，这样的生活真是太艰辛了。

*　　*　　*

我在荒郊野岭上漫游时，被抓去做了奴隶。后来我获得了自由，成了普普通通的公民，继而做了商人、学者、大臣、国王和暴君。被推翻后，我又成了闹事者、恶棍、骗子和流浪汉。最后，我沦为自己心灵深处尚未探察的王国的奴隶。

*　　*　　*

身体，与所处的环境紧密相联，就像肉体与心灵一样。

*　　*　　*

不要满足于一星半点的东西。一个人带着一个空罐子到生命之泉去，却带回满满两罐。

*　　*　　*

用上帝的眼睛来看事物，这样的人，会看到赤裸裸的、最真实的我们。

*　　*　　*

上帝给真理安了许多门，欢迎去叩门的每一个信徒。

*　　*　　*

长在云层里的花朵，永远不会枯萎；黎明新娘门中飘出的歌声，永远不会消逝。

*　　*　　*

那些整天沉思默想哲理的人，就像一面镜子，映出自己看不见的东西；他们又像一个山洞，回传出自己听不到的声音。

*　　*　　*

所谓诗人是这样的人：你读了他的诗歌之后，感到他最好的诗还没有写出来。

*　　*　　*

所谓暴君，就是要求人们从酸葡萄中酿出甜酒的人。

*　　*　　*

谁能做到漫步海底胜似闲庭信步那样悠然自得呢？

*　　*　　*

你认为自己通过了解行为的目的，就能了解事物的实质吗？你能把酒缸看上一眼，就分辨出酒的滋味吗？

*　　*　　*

从我所在的昏暗之处现出了一束光线，照亮了我前行的路。

*　　*　　*

我们的灵魂邀游在生命的天地之中，这种天地并不是以时间来衡量的——时间是人类的发明。

*　　*　　*

一个人如果向自己揭示了他的良心不允许他揭示的东西，他就犯了罪；然而，如果他不允许自己揭示他的良心已经揭示了的东西，他便也犯了罪。

*　　*　　*

诗是心灵深处的秘密，为什么要喋喋不休地用言辞去讲出来呢？

*　　*　　*

诗歌是对整体的一种领悟，你怎么能用诗歌与一个对此只有一知半解的人去交流呢？

*　　*　　*

诗歌是心灵的火焰，而修辞则是雪片，火焰和雪片怎么能结合在一起呢？

*　　*　　*

馋鬼在教导饥肠辘辘的人如何忍受饥饿的折磨，请看他的表情何其严肃。

*　　*　　*

一个代议制的政府，过去是革命的胜利果实，如今则是经济的结果。

*　　　　*　　　　*

一个衰弱的国家，会使自己的一些强壮的国民都衰弱下去，却使另一个强大国家的一些衰弱的人民强壮起来。

*　　　　*　　　　*

令人心碎的爱情在吟唱，悲哀的知识在宣讲，阴郁的欲望在私语，痛苦的贫穷在哭泣。但还有另一种悲伤，它比爱情还要深沉，比知识益发崇高，比欲望愈加强烈，比贫穷更为难受。它默不作声，它的眼睛像星星一样在闪亮。

*　　　　*　　　　*

在歌手颤抖的声音里，从听众悸动的心跳中，你可以发现歌唱的秘密。

*　　　　*　　　　*

爱是一种令人战栗的幸福。

*　　　　*　　　　*

一个歌手如果不能陶醉于自己的歌唱，那么，他必定不能使你陶醉于他的歌声。

*　　　　*　　　　*

你在遭遇不幸时，到邻居那儿去寻求同情。这样，你就给了他一半的心。如果他善良，他会感谢你；如果他冷酷，他会瞧不起你。

*　　　　*　　　　*

所谓进步，并不是改进你已经做的一切，而是设法改进你还不曾做的。

*　　　*　　　*

一位哲人碰上了一个愚蠢的富翁，他们讨论起教育和财富的问题。但当他们分手后，哲人发现手上徒有一把泥土，而那富翁却发现他心中未曾增添什么，只有一阵轻雾飘过。

*　　　*　　　*

需要证明的真理，是半真半假的。

*　　　*　　　*

我要避开那些不哭泣的智慧，不含笑的哲学，不在孩子面前低头的高傲。

*　　　*　　　*

在芸芸众生当中，确有杀人不见血的杀人者，未曾偷过一丁点东西的小偷，以及迄今还在讲真话的骗子。

*　　　*　　　*

退潮的时候我在
沙滩上写下了一行字
我献上了自己全部的心
和全部的魂灵。
涨潮的时候我返回来
读我写下的那行字
发现了我那留在岸边的无知。

*　　　　*　　　　*

眼睛只盯着自己走的那条路和自己靠的那堵墙，那样的人是近视眼。

*　　　　*　　　　*

他们认为，美德是使我苦恼但使我的邻居开心的东西，罪恶则是使我感到开心但使我的邻居感到烦恼的东西。我要让他们知道，我在隐居的地方，远远地离开他们，我可以成为一个圣徒，也可以成为一个罪人。

*　　　　*　　　　*

检查一遍昨日的账本，你就会发现自己应该对他人、对生活都充满感激之情。

*　　　　*　　　　*

温柔和善良不是软弱和绝望的表现，而是力量与决心的证明。

*　　　　*　　　　*

贫穷可以掩饰傲慢，而灾难带来的痛苦会去寻找面具来伪装自己。

*　　　　*　　　　*

饥饿的野人从树上摘果子吃。生活在文明社会的饥饿的公民却是从别人手中买果子吃，而这些别人又是从到树上摘下果子的人手中买来果子。

*　　*　　*

我把苦痛播种在忍耐的田野里，就会结出幸福的果实。

*　　*　　*

艺术是从有知通向无知的台阶。

*　　*　　*

九种可悲

一个民族不相信宗教而崇尚信仰，抛弃乡间小路而走进城市的胡同，不相信智慧而崇尚逻辑，这个民族何其可悲！

一个民族不织自己穿的布，不种自己吃的粮，不酿自己饮的酒，这个民族何其可悲！

一个被征服的民族，把胜利者的威风看作完美的德行，在他们眼里，征服者的丑就是美，这个民族何其可悲！

一个民族只有在梦里才与屈辱作斗争，而醒时却向邪恶屈服，这个民族何其可悲！

一个民族只有在葬礼上才提高自己的嗓门，在坟墓前才表示自己的尊敬，在屠刀架到脖子上时才起来造反，这个民族何其可悲！

一个民族的政治就是诡谲，哲学就是骗术，工业就是修修补补，这个民族何其可悲！

一个民族用钟鼓迎接征服者，然后用嘘声把他轰走，再用喇叭和欢歌迎来另一个征服者，这个民族何其可悲！

一个民族的智者都缄默不语，捍卫者的眼睛都看不见东西，拥护者也都变成了喋喋不休之辈，这个民族何其可悲！

一个民族的每一个部落都声称自己是一个独立的国家，这个民族何其可悲！

*　　*　　*

教育并不是在你的心田播种，而是使你心田里的种子发芽生长。

*　　*　　*

你吃饭时匆匆忙忙，走路时却悠然自得。那么，你为什么不用脚吃饭，用手走路呢？

*　　*　　*

一个由思想和爱心造就的学者得到了言辞，而一个由言辞造就的学者只得到些许思想和爱心。

*　　*　　*

热情是一座火山，山顶上从来不长犹豫的青草。

*　　*　　*

里程碑会损毁，但河流会一直流入大海。

*　　*　　*

所谓灵感，是你用心中的那部分看到了整体的一部分。

*　　*　　*

矛盾是智力的最低形式。

* * *

看到狐狸用诡计战胜了狮子的正义，原本相信正义的人也不禁对正义产生了怀疑。

* * *

惧怕恶魔也就是对上帝的一种怀疑。

* * *

奴隶的存在是国王的过错。

* * *

我们在通向目标的路上所遇到的困难，正是到达目的地的捷径。

* * *

他们告诉我："如果你看到一个奴隶在睡觉，别去叫醒他，他也许正梦见自由呢。"我回答说："如果你看到一个奴隶在睡觉，把他叫醒，同他谈谈自由。"

* * *

透过人的眼睛这副放大镜，世界看起来比实际的要更广阔。

* * *

大地呼气时，我们生了下来。它吸气时，我们就该死了。

* * *

某些人的所谓才智，不过是局部发炎罢了。

*　　　*　　　*

艺术家心中神秘的幻象与自然界的现象一致同意去寻找新的形式时，艺术便应运而生了。

*　　　*　　　*

殉难是一个高尚的灵魂自愿走向堕落。

*　　　*　　　*

强迫是一面镜子，往里看了很长时间的人会看到他内心的自我正在试图自杀。

*　　　*　　　*

你认为丑恶的东西，只不过是外在的我对内在的我的背叛。

*　　　*　　　*

人们总是现实地对待自己的利益，而又理想地对待他人的利益。

*　　　*　　　*

我可怜那些满口阿谀奉承，却又把手伸得长长去向人乞讨的人。

*　　　*　　　*

正直的人是不会因为他人的过错而原谅自己的。

*　　　*　　　*

人们的预言就犹如树上不成熟的果实，能够认识这一点就等于了解了生活的全部。

*　　　　　*　　　　　*

历史不会重演，只有不知道历史的人才会那么认为。

*　　　　　*　　　　　*

邪恶是一种不合时宜的生物，总是懒于服从适者生存的法则。

*　　　　　*　　　　　*

为什么有些人会从你的海里舀出海水，同时又吹嘘他们自己的小溪呢?

*　　　　　*　　　　　*

默默地承受着奴隶般的负担，这样的人是自由的。

*　　　　　*　　　　　*

一个人在心中渴望的美，比眼中看到的美更崇高。

*　　　　　*　　　　　*

每个创新者都是改革家。如果他正确，他就领导着人民走向正确的道路，但要是他错了，他在人们心中所掀起的狂热也会激励人们为维护他们自己的权利而斗争。

*　　　　　*　　　　　*

格言毫无意义，除非它寓于人们的习惯之中。

*　　　　　*　　　　　*

一篇文章需要解释才能读懂，这个事实本身就是这篇文章的弱点。

*　　　　*　　　　*

信念是心灵的知识，它是无法证明的。

*　　　　*　　　　*

人性即神性，外似割裂，内则统一。

*　　　　*　　　　*

身穿漂亮的服装去参加邻居葬礼的人，将穿着褴褛的衣衫参加自己儿子的婚礼。

*　　　　*　　　　*

根据阿拉伯谚语，世上并没有什么凤凰、食尸鬼或真正的交心的朋友。但我告诉你们，我发现邻居中什么人都有。

*　　　　*　　　　*

除非造物主变成一事无成的发明家，否则他是不会注意到任何批评的。

*　　　　*　　　　*

繁荣来自两处：对土地的剥削和对其农产品的分配。

*　　　　*　　　　*

正义靠近人们的心灵，怜悯靠近上帝的心灵。

*　　　　*　　　　*

不规则不是源于疯狂，便是出自独创。

*　　　　*　　　　*

怜悯女人是轻视她们；把社会上的罪恶归咎于女人，是压迫她们；认为女人的善良便是自己的善良，女人的邪恶便是自己的邪恶，那是无耻的虚伪。只有把女人当作上帝一样接受，才是公平地对待她们。

*　　*　　*

贫穷只是暂时的缺憾，而过分富裕则是永久的隐患。

*　　*　　*

记忆是希望之途的绊脚石。

*　　*　　*

我们最糟的缺点是揪住别人的过失不放。

*　　*　　*

我的话没有一句是百分之百正确的。因为我的思想来自抽象世界，我的言辞则来自有参照的世界。

*　　*　　*

诗是一道闪电。若将它排列成文字，它只是一篇作文而已。

*　　*　　*

如果没有被听见和看见，光亮与声响就只是空中的混乱和震动；同样，没有那颗你钟情的心，你就只不过是一粒微尘，随风飘散。

*　　*　　*

炽热的爱是一种不可遏止的渴望。

*　　*　　*

唯有诚实的人才相信真诚。

*　　*　　*

如果你想了解一个女人，请观察她微笑时的嘴唇；你若研究一个男人，请观察他发怒时的眼睛。

*　　*　　*

各国的艺术

埃及人的艺术在于神秘，

迦勒底人的艺术在于算计，

希腊人的艺术在于比例，

罗马人的艺术在于呼应，

中国人的艺术在于礼仪，

印度人的艺术在于评判善恶，

犹太人的艺术在于忧患，

阿拉伯人的艺术在于怀旧与夸张，

波斯人的艺术在于严谨，

法国人的艺术在于精巧，

英国人的艺术在于细察和自以为是，

西班牙人的艺术在于狂热，

意大利人的艺术在于美，

德国人的艺术在于野心，

俄国人的艺术在于忧郁。

*　　　*　　　*

有人给我一只羊羔，我给了他一匹母骆驼；后来他就给我两只羊羔，我又给他两匹母骆驼作为回报；接着，他索性来到我的羊圈，牵走了我的九匹骆驼，给了我九只羊羔。

*　　　*　　　*

最有用的处世方式是远离人群。

*　　　*　　　*

你的自我有两个，一个是你以为了解的自己，另一个是他人了解的你自己。

*　　　*　　　*

科学与宗教和谐统一，但科学与信仰却完全不能相容。

*　　　*　　　*

臣民都急于了解帝王的事。

*　　　*　　　*

护理病人是一种不朽的事。

*　　　*　　　*

如果生存不比死亡好，那么，世上就不会有生命存在。

*　　　*　　　*

当你到达圣地的时候，你就会发现：即使在从未见过美的眼睛里，一切都是这么的美。

*　　　*　　　*

我要是把珠宝扔给猪吃，它们不是暴食而亡，就是消化不了而死。

*　　*　　*

满口污言秽语的人，会唱得出什么歌呢？

*　　*　　*

爱降温了，便是有理智了。

*　　*　　*

有两种诗人。一种诗人是才气加独特的个性，另一种诗人富有灵感，并且始于他的人性陶冶之前。然而，才气与灵感在诗中差别悬殊，如同尖利的指甲与美妙的双唇——一个掐入肌肤，一个亲吻并减轻肌肤的疼痛。

*　　*　　*

洞察一个人的灵魂，不是看他已经取得的东西，而是看他想追求什么。

*　　*　　*

只把眼睛盯着眼前琐事的人，很难看清和区分远方的大事。

*　　*　　*

浮华的颂扬之辞弄得我羞愧难当，但那些吹捧的人还恬不知耻地继续吹嘘的时候，我便无颜面对整个世界了。

*　　*　　*

每当我想起耶稣，眼前总浮现这样两幅画面：初生的耶稣在马厩里第一次看着圣母马利亚的脸庞；耶稣在十字架上最后一次凝视圣母马利亚的脸庞。

*　　　*　　　*

在人生的战场上我们都是战士，只不过有的人当头领，有的人做随从。

*　　　*　　　*

心灵便是火焰，它的灰烬就是人的身体。

*　　　*　　　*

笔杆好比帝王的权杖，但作家中又有几个是国王？

*　　　*　　　*

用华辞丽藻包藏自己真实意图的人，就像一个拼命涂脂抹粉掩盖自己丑陋的女人。

*　　　*　　　*

如果我知道自己何以无知，那么我便成了圣人。

*　　　*　　　*

如果埃及的金字塔夷为平地，纽约的摩天大楼不复存在，那么，蝴蝶将继续在田野里飞舞，露珠将依旧在草尖上闪亮。

*　　　*　　　*

要是我们的耳朵里塞满了城市的喧闹，那又怎么能听到田野的轻歌呢？

*　　　*　　　*

只有实行物物交换，贸易才不会成为一种偷窃。

*　　　*　　　*

受到赞扬时脸红，遇到诋毁时沉默，这样的人，真可谓谦谦君子。

*　　　*　　　*

伴随着爱情、发明以及责任而来的痛苦，也会给人带来欢愉。

*　　　*　　　*

人的外表不同于内心，好比落在田野里的雨水不同于缭绕在山巅的云彩。

*　　　*　　　*

如果一个化学家能从自己心里提取出同情、尊重、渴求、忍耐、悔恨、惊奇和宽容等等元素，并把它们混为一体，那么，他就能创造出我们所说的那个原子——爱。

*　　　*　　　*

如果一个人需要鼓励才去做高尚的事情，那么，他永远也不会把它做好。

*　　　*　　　*

坚强在寂寞中成长，软弱在寂寞中枯萎。

*　　　*　　　*

人们说，一个人了解自己就能了解所有的人。但我要对你说，一个人只有热爱别人才能了解自己。

*　　　*　　　*

谁也阻止不了我去干他认为没意思的事情。

*　　　*　　　*

名誉好像一副重担，压在名人的肩上。人们根据他挑担的姿势来判断他。如果他步伐坚定，他就被视为英雄；如果他一脚滑倒，他将被视为骗子。

*　　　*　　　*

乐观的人看玫瑰，见花不见刺；悲观的人看玫瑰，见刺不见花。

*　　　*　　　*

人生的任务就是希望。无论我们愿意与否，我们必须尽力实现生活的愿望。

*　　　*　　　*

理解不了苏格拉底品格的人，是受了亚历山大的蛊惑；当他不能领悟维吉尔的时候，他就颂扬恺撒；如果他的脑袋无法领悟拉普拉斯的思想，他就为拿破仑吹号击鼓。但是，在那些崇拜亚历山大、恺撒或者拿破仑的人心里，我总能发现几许奴性。

*　　　*　　　*

人们发明了机器，便操纵机器。后来，机器开始操纵人，人就沦为奴隶之奴隶了。

*　　*　　*

某些富人的善行在于教会了我们鄙视财富。

*　　*　　*

演讲是舌头比耳朵聪明，但雄辩是心与灵的结合。

*　　*　　*

当人类在地上刨出一个坑，撒下第一粒种子的时候，文明也就开始了。

*　　*　　*

当人们在自己撒进田地的种子上看到太阳的温暖时，宗教便出现了。

*　　*　　*

当人们用感激的赞美之辞颂扬太阳的时候，艺术便萌芽了。

*　　*　　*

当人们吃着土地的产品，并且受着不消化的煎熬之时，哲学便开始了。

*　　*　　*

人的价值，体现在他为数不多的几样创造上，而不在他所积攒的财产中。

*　　*　　*

人们对财富的渴求是永无休止的。

*　　*　　*

每个民族都要为其中每一个个人的言行负责。

*　　*　　*

谁能脱离悲伤和孤寂，丝毫不感到痛苦呢？

*　　*　　*

声音无需在自己的双翼上背负舌头和嘴唇，所以它能穿越天空。同理，雄鹰也无需携带巢穴，就能遨翔在广袤的苍穹。

*　　*　　*

爱只有到分手的时候，才体会出它的深度。

*　　*　　*

信念之认识真理，总比经历早一拍。

*　　*　　*

大部分作家只是用词典里的破布去补缀他们支离破碎的思想。

*　　*　　*

禁止与宗教禁忌这两项，其危害远胜于无政府状态。

*　　*　　*

法网只是用来捕捉那些犯下轻微罪行的人。

*　　*　　*

假意的谦虚，是厚颜无耻地伪装出来的。

*　　*　　*

勇气就是第六感，能够找到通向胜利的捷径。

*　　*　　*

肉体的贞洁可能是心灵的吝啬。

*　　*　　*

主啊，请让我免受毒蚊和那些热衷于名利却又受挫之徒唇舌的戕害吧！

*　　*　　*

我所见过的自高自大的人当中，无一不感到内心的窘迫。

*　　*　　*

我们惧怕死亡，却又渴望沉睡和美梦。

*　　*　　*

有的人十分审慎正直，从不偷窃你的财物，但他们却毫无顾忌地歪曲你的思想。

*　　*　　*

我们对死者的悲伤，也许是一种嫉妒。

*　　*　　*

我们都崇尚力量。然而，大多数人折服于无形的、不稳定的力量，很少有人敬佩明确的、有实际意义的力量。

*　　*　　*

熄灭多年的星辰，光亮仍然照到我们；同样，逝去几个世纪的伟人，其人格的光芒仍然照耀着我们。

*　　*　　*

苏丹至高无上，因为他能够赢得贫民的爱戴。

*　　*　　*

当今文明的种种便利，都会给我们带来不适。

*　　*　　*

你信任或者怀疑民众，这一切都与你对自己的信心和疑心密切相关。

*　　*　　*

尽管我们没什么可说，没什么值得印刷出来，但是我们仍然要求言论和出版自由。

*　　*　　*

你向我吹捧“折衷”的处事之道，我要对你说：“谁愿做不冷不热的温水、生死之间的颤抖或者非水非冰的果冻呢？”

*　　*　　*

力量和忍耐是伙伴。

*　　*　　*

对我们来说，爱情和空虚好比大海的潮涨潮落。

*　　*　　*

贫穷在向金钱缴械之前，总是把自己藏匿在思考之中。

*　　*　　*

人们只是发现些什么，他永远不能，而且也永远不会发明什么。

*　　　*　　　*

哲学的工作就是在两个点之间找寻一条最短的路径。

*　　　*　　　*

政府为精神错乱的人造房，难道不比为神智健全的人建造疯人院要经济实用得多吗？

*　　　*　　　*

一座建筑中最坚实的石头，是压在最底下的那块基石。

*　　　*　　　*

我在自己的门上写道：

“在你进门之前，

请把世俗留在门外。”

于是，没有一个人敢登门造访了。

*　　　*　　　*

即便是生活的法则，也必须遵循生活的法则。

*　　　*　　　*

我从民众的懒惰中学到了大胆。

*　　　*　　　*

那些最值得称赞的人，却被民众不公正地埋没了。

*　　　*　　　*

真正信教的人是不会只抱住一个宗教不放的。相反，那样的人其实什么宗教都没有。

*　　　*　　　*

大多数感情细腻的人，他们之所以会粗暴地伤害你的感情，是唯恐你先下手。

*　　　*　　　*

那些只会从书本上搜取素材的作家，好比从别人那儿借来钱，目的只是再借出去。

*　　　*　　　*

有人夸耀我，我没有回报他，他便满腹牢骚。我默默地忍受，但是世人都在嘲笑他。

*　　　*　　　*

请分清那些侮辱性的礼物与表示尊重的礼物吧！

*　　　*　　　*

持不同意见的人，总比随声附和的人多招来些闲言碎语。

*　　　*　　　*

我从不怀疑那些需要解释的真理，除非我发现自己不得不去分析那些解释。

*　　　*　　　*

无论闻起来多么甜美，甜美总是伴随着苦涩，但与腐败无缘。

世上万事万物，有形无形，本质上都具有灵性。走进一座无形的城市，我的躯体便被精神覆盖了。谁企图把肉体剥离开心灵，或精神分离出肉体，就是在把真理同自己的心灵分离。花朵与它的芬芳是一个整体。否认花朵的色彩和形状，认为花朵只含有在太空中飘荡的芬芳，那样的人真是有眼无珠。他们与那些嗅觉残缺的、只看到花的形状和色彩而闻不到花儿芬芳的人毫无二致。

宇宙间的万事万物都存在于你之中，你的一切也存在于宇宙之中。你周围的事物与你融为一体，并且，距离无法将你与遥远的事物分开。万事万物，无论深藏海底还是高高在上，无论微乎其微还是硕大无朋，都同样存在于你之中。从一粒原子中你可以发现地球上所有的元素。一滴水蕴含着大海所有的秘密。心灵的细小颤动可以反映所有存在的规律。

* * *

上帝给每个人的心灵中安置了一个天使，指引我们走上光明的路途。但许多人都在外面找寻生命的意义，殊不知它就在他们心中。

* * *

因为有了教育，心智才渐渐从科学实验升华到知识理论，再升华到精神体验，最后到达上帝。

* * *

我们仍然忙于审视贝壳，仿佛它们都来自生命的海，留在岁月的沙滩之上。

* * *

躲在阴影下赖以偷生的树苗，如果栽到阳光下，一定会枯萎。

*　　*　　*

各种语言、政府和宗教都是在金色的尘埃中凝成的。这些金色的尘埃则是从人类辉煌的生命大道两旁扬起的。

*　　*　　*

如果我们吸收西方精神，它将是我们的朋友；但如果我们完全被它控制，它就成了我们的敌人。是朋友，我们就敞开心扉欢迎它；是敌人，我们决不向它让步。取之而用，它是我们的朋友；一味迎合，它就成了我们的敌人。

*　　*　　*

资源枯竭注定要毁灭所有的民族，这是一种令人困倦的苦痛，是在沉睡中的死亡。

*　　*　　*

陶瓷工人可以用黏土制作酒壶，但沙子和石子对他却毫无用处。

*　　*　　*

那些在生活的宝座面前驻足，没有流过一滴汗水和心血就离开的人，他们只配哭泣和悲伤。

*　　*　　*

由于饥饿，我们吞下了施舍的面包。面包苏醒后，也就杀死了我们。

*　　　*　　　*

在房子的一边放上一块石头，再把房子另一边的墙拆掉，这种感情何其卑鄙！

*　　　*　　　*

种一朵花在地里，却把这块地掘了个底朝天；让我们苏醒过来一天，却把我们打晕过去一年。这样的爱是多么残酷！

*　　　*　　　*

复兴一种语言的方法藏在诗人的心中，挂在他的唇上，缠在他的指间。诗人是创造力与人们之间的媒介。他是把“精神世界”的信息传递到“研究世界”的导线。诗人是语言的父母，无论他走到何处，语言就跟到何处。假如他死了，语言便俯倒在他的坟头，独自哭泣，不胜凄凉，直到另一位诗人走上前来，将语言扶起。

*　　　*　　　*

孩子的灾难来自父母的溺爱，那些不承认这一点的人，至死都是死神的奴隶。

*　　　*　　　*

生活的风暴把这些浑身战栗的人震活了。然而，实际上，他们生来就已经死了，他们行尸走肉般地活着，浑身散发着阵阵恶臭。

*　　　*　　　*

死人在风暴来临之前就不停地发抖，而活人则无畏地与风暴同行。

* * *

那些自我崇拜的人是多么不可思议，他们崇拜的只不过是一块腐肉罢了。

* * *

在无假设可证明、无推测可揭示的心灵里，反倒有许多神秘的东西。

* * *

有的人在恐惧之中来到世上，像懦夫一样活着，每当暴风雨来临，他便躲藏到地缝里。

* * *

鸟儿享有人类无法享受的殊遇。人活在人为编造的法律和传统的陷阱里，而鸟儿却遵循使地球围绕太阳运转的上帝的自然法则。

* * *

心里想是一回事，做起来又是另一回事。许多人说起话来像滔滔不绝的江水，但他们的生活却是死气沉沉的沼泽。有的人虽然头抬得高过山顶，但他们的心却紧紧贴在黑暗的洞壁上。

* * *

崇拜并不需要离群索居。

*　　*　　*

祈祷是心灵的歌吟。即使交织在千万颗心灵的号哭之中，它也能到达上帝的宝座。

*　　*　　*

上帝把我们的身体建成灵魂的庙宇。因此，我们应该保持身体的强壮与清洁，这样才对得起住在里面的神灵。

*　　*　　*

当我和人们住在一起时，我觉得我与他们相隔甚远；但当我远离他们时，我又觉得我与他们靠得很近。

*　　*　　*

母性只有受到法律的保护，才会受到人们的尊重。

*　　*　　*

爱能够改变万事万物，死也一样。

*　　*　　*

某些人的心灵就像学校里的黑板，时间在上面写满了符号、规则和范例，但这些东西很快就会被潮湿的海绵擦掉了。

*　　*　　*

歌手结束了歌唱，琴师也不再拨弄琴弦，但人们耳边仍旧回响着不绝的余音，这便是音乐的真髓。

*　　*　　*

有人借了我的钱去买宝剑，却用它来攻击我。对这样的人，我该说些什么呢？

*　　　*　　　*

我的敌人对我说："热爱你的敌人。"于是我便听从他，热爱起自己来了。

*　　　*　　　*

黑色对白色说："如果你是灰色的，我会对你仁慈些。"

*　　　*　　　*

那些对无论什么东西都知道价钱的人，却往往忽视这些东西的价值。

*　　　*　　　*

每个人的历史都写在自己的前额上，但只有领悟这种启示的人，才能读懂这句话。

*　　　*　　　*

让我看看你母亲的脸庞，我就知道你是什么人。

*　　　*　　　*

我认识他父亲，你怎能指望我不了解他呢?

*　　　*　　　*

对于经常吹嘘自由的人，自由其实是一种奴役。

*　　　*　　　*

有些人并不公开表达他们对我的感激之情，但为了让别人敬慕他们，却把他们对我的了解张扬得尽人皆知。

*　　　*　　　*

良好旨趣的表现，不在于作出正确的抉择，而在于能感悟到质与量之间自然和谐的度。

*　　　*　　　*

有些人的粗鲁比另一些人的温柔更可取。

*　　　*　　　*

当人们憎恨他们所不理解的事物时，就像发着高烧。对他们来说，再精美的食物也味同嚼蜡。

*　　　*　　　*

我热爱面颊光洁的孩子，也喜欢满脸胡茬的长者，只要他们确实是从摇篮和襁褓中出来的。

*　　　*　　　*

狼在夜幕的掩盖下扑向羔羊，但那血迹却留到天明控诉它的罪行。

*　　　*　　　*

如果一个人站在真理一边，那么，戕害不能使他痛苦，压迫也不能将他摧毁。苏格拉底微笑着饮下了毒汁，圣斯蒂芬被石头击毙时仍在微笑。但是，真正会受到伤害的是我们的良心——我们反抗它，它便会疼痛；我们背叛它，它便会死去。

*　　　*　　　*

动荡的时代可以摧残人们的作品，但不能泯灭人们的梦想，也不能减弱人们的创造的冲动。这一切之所以存在，是因为它们是永恒精神的一部分，尽管它们时隐时现，时醒时睡，像黄昏时分的太阳和破晓时分的月亮。

* * *

年轻的黎巴嫩妇女像从地心里涌出的泉水，沿着弯弯曲曲的山谷流淌。因为她不能找到通向大海的入口，就滞留成一潭幽静的湖水，倒映着茂盛的草木、闪亮的星星和耀眼的月亮。

* * *

难道天堂在我心中唤醒真理，不能使我幸免于饥渴和他人的嘲笑？

* * *

真理，是上帝的意旨在人们身上的体现。

* * *

无论命运和追求真理的使命把我带到何方，我都将紧紧追随。

* * *

那个财产继承人为自己兴建了大厦。殊不知，这些钱财是从弱者和穷人身上搜刮来的。

* * *

面临杀戮的鸟儿是多么痛苦，它没有意识到发生了什么，正在发生什么。但那些亲眼看见它拼命挣扎的人，是知道其中原委的。

* * *

用福音榨取钱财的人是叛徒，把十字架当作剑的人是伪君子，是一只披着羊皮的狼，是一个崇拜饭桌胜过祭坛的人，是一个连滚向远方的小硬币也穷追不舍的拜金狂，是一个从孤儿寡母那儿偷窃的骗子。这是一种奇怪的动物，它有老鹰的利喙、老虎的利爪、鬣狗的利齿和毒蛇的毒牙。

* * *

上帝在你心中安放了一支闪耀着智慧光芒的火炬，将它熄成灰烬是一种罪孽。

* * *

上帝给你的精神插上了翅膀，让它飞翔在友爱和自由的长空。如果你卸下翅膀，让自己的精神忍受着小爬虫一样的痛苦，该是多么可怜！

逻辑的哲学

一个雨夜，在贝鲁特。萨勒姆·艾凡提·德比斯坐在自己的书架前翻阅着一本破旧的书。他那两片厚厚的嘴唇间不时地喷吐出土耳其香烟的烟雾。他正在读苏格拉底的一段关于自知的论断，这段话是由他的弟子柏拉图记下的。

萨勒姆·艾凡提·德比斯对刚才读过的话加以回味，他对东西方圣贤哲人都备加赞赏。

“认识你自己。”他重复着苏格拉底的这句名言，腾的一下从椅子里跳起来，举起他的胳膊高声叫道：“的确，我应该了解自己，洞察我内心的秘密，这样我才能消除怀疑和焦虑。将我的理想存在暴露于物质存在面前，然后将我的血肉之躯暴露于我抽象的本质面前，这是我的天职。”

他被这阵不同寻常的狂热所收摄，他的眼睛里闪烁着对知识的爱——自我的认知。

接着，他走进隔壁的房间里，像尊塑像一样站在镜子前，盯着他那幽灵般的身躯，打量着自己的脑袋、脸庞、身子和手臂。

他以这种姿势在那里站了大约半小时，似乎奇异的知识之雨把那些美妙的、激动人心的思想洒在他身上，这种思想原是他那正在被揭开的灵魂的秘密，这给他心里注入了光亮。接着他平静地开口对自己说：

“我身材矮小，不过拿破仑和维克多·雨果也不高；我的前额很窄，不过苏格拉底和斯宾诺莎也和我差不多；我是个秃顶，可莎士比亚也一样；我的鼻子又长又钩，不过伏尔泰和乔治·华盛顿的鼻子也是这种类型的；我的眼睛深陷，但天使保罗和尼采也与我一般；我的两片厚嘴唇像路易十四，我的粗脖子像汉尼拔和马克·安东尼。”

停了一会儿，他又接着自语道：

“我的耳朵又长又大，安在动物脑袋上正合适，不过塞万提斯也有这样一对耳朵嘛；我的颧骨很突出，脸颊深凹，可是拉法埃特和林肯也是这副尊容；我的下巴瘦削，就像威廉·皮特和哥德斯密一样；我的肩膀一边高一边低，但是甘必大的肩膀也这样高低不平；我的手掌厚而手指短，有点像爱丁顿。

“我骨瘦如柴，这可是大思想家共同具有的特点。不可思议的是，如果没有咖啡壶在旁边，我就不能坐下来读书写字，这一点颇像巴尔扎克。总的来说，我喜欢同那些普普通通的人交往，在这方面，我和托尔斯泰是不谋而合的。有时，我会三四天不洗手，不洗脸，贝多芬和沃特·惠特曼也常这样。与众不同的是，我休息时总喜欢听女人们谈论丈夫外出时她们的言行举止，这一点和薄伽丘简直是异曲同工。我的酒瘾比马娄、阿比·诺瓦斯和挪亚还要大，我的胃口远远超过爱弥尔·巴舍尔和亚历山大大帝呢。”

停了一会儿，萨勒姆·艾凡提用肮脏的手指尖摸了摸前额，继续说：

“这就是我自己，这就是我的真实写照。我的身上具有从远古到当今所有伟大人物的特征，一个年轻人有这么多特点，将来一定会成大器。

“智慧的精华就是认识自我，因此，我应该开始进行这宇宙间伟大的思想指派给我的工作。这些思想都深深扎根于我的内心，我竟然陪伴上自挪亚下至苏格拉底，一直到薄伽丘、艾哈迈德·法里斯·希德亚格这样的伟人一路走来。我不知道我该从哪项伟大的事业入手。但一个把神秘的内在本质和真实的外表结合在一起的人，毫无疑问是能干出一番大事业的——这些神秘的品质是由白天的双手和夜晚的灵感塑造出来的。我已经了解了自己；是的，神灵已经知道了我。

我的灵魂万岁，我自己万岁。愿宇宙永存，我能实现我的目标。”

萨勒姆在房间里不停地来回走动，他那丑陋的脸上闪烁着喜悦，嘴里发出一种好像猫抖动身体时发出的声音，他不停地叨念着麦阿里的一首诗：

尽管我是这个纪元的最末一个
我将创造
先驱们所不能创造的东西。

不一会儿，我们的这位朋友就穿着那身肮脏的衣服昏睡在那张龌龊的床上，鼾声就像转动的石磨那样响。

更为辽阔的大海

昨天——昨天是多么地遥远，昨天又是多么地临近！——我和我的灵魂一起走向大海，去冲洗我们身上粘着的淤泥。

我们走到海边，便想找一个僻静的地方，以避开众人的眼光。我们沿着海滩行走，看见一个人坐在一块满是尘土的褐色的岩石上，手里提着一个口袋，不时地从里边抓出一把把盐来撒向海里。

我的灵魂对我说："这人是个悲观主义者，他只看到生活的阴暗面。他不配看我们赤裸的身体，我们重新找个地方吧。"

我们继续找寻，终于来到一个小湾。我们看见一个人在一块白色的岩石附近，手里拿着个缀满宝石的小盒子，不时地从中取出一块糖，扔进海里。

我的灵魂对我说："这是个凡事都不放弃的乐观主义者，不值得让他看我们赤裸的身体。"

我们继续找寻，直到遇见了第三个人。他站在海滩上，拾起一条条死去的小鱼，把它们扔进海里。

我的灵魂对我说："这是个富有同情心的傻瓜，他试图为死者唤回生命，让我们避开他。"

我们沿着海滩继续行走，于是我们看到了第四个人。他把自己的身影勾勒在沙滩上，浪花不时扑上来，把他描勒好的画冲刷掉。

我的灵魂对我说："这是一个神秘的人，他用自己的想象，树立起一个偶像来加以崇拜，让我们离开他。"

过了一会儿，我们发现了第五个人。他站在一个浅浅的、风平浪静的环礁湖中，撇开海面上的泡沫，把水捧进一个玛瑙瓶里。

我的灵魂对我说："这是一个用蜘蛛的丝线为自己编织衣裳的理想主义者。他没权利看到我们赤裸的身体。"

我们继续前行，终于听到一个声音在高喊："这就是深海，这就是可怕的、辽阔的海！"

我们辨明了声音传来的方向，来到这个人旁边，只见他背朝着海水，把一个贝壳贴在耳边，听它讲个不休。

我的灵魂对我说："我们快走，这人是个怀疑论者。他不能包容全部，就拿脊背对着它，让他被琐事纠缠吧！”

我们继续朝前走，看到第七个人站在两块岩石中间，在将头埋进沙里。

我对自己说：“哦，灵魂，我们就在这儿洗澡吧。因为这个人看不见我们。”

我的灵魂摇了摇头。“不行，一千个不行，你现在看到的这个人是最邪恶的。他想避开生活的悲剧，而生活的欢乐也同样会避开他。他是个惧怕上帝的人。”

接着，我的灵魂脸上浮现出深沉的悲哀，用令人同情的语调说道：“我们离开这片海滩吧，因为这儿没有幽静的地方。我不会让海风摆弄我长长的金发，不会在这儿袒露我白皙的胸脯。我不会剥光自己的衣服，赤裸裸地站在阳光下。”

于是，我和我的灵魂离开了这片海，一同去找寻更为辽阔的大海了。

红毡帽与独立

最近，我读到了一个学者写的一篇文章，文章指责了一艘法国汽艇上的船员。他乘坐这艘汽艇从叙利亚出发到埃及去。他抱怨说，他们强迫他，或者更确切地说是企图强迫他，要他在他们的桌子上吃饭时脱掉红毡帽。

大家都知道，西方人认为脱下帽子吃饭是有礼貌的举止。但我们这位学者的指责却使我大吃一惊，因为他一再强调说，东方人信奉这种象征性行为。在他们眼里，这一切装饰着他们的日常生活。我被弄得如堕五里雾中，就像有一次在米兰，一位印度王子拒绝我邀请他去听歌剧一样。他对我说："如果你想让我去看但丁的《地狱》，那么我会很乐意地接受你的邀请。但歌剧就不同了，我不能坐在那种既要强迫我解下头巾又不许我抽烟的地方。”

每当看到一个东方人顽固地恪守其习惯与传统的样子时，我总是忍俊不禁。然而，有一些残酷的事实值得考虑。

如果我们的学者朋友——他很讨厌在欧洲人的船上脱帽子——当时考虑到他那高贵的头饰是在欧洲的工厂里生产出来的，他就会发现从头上把帽子取下来是一件轻而易举的事。

这种自我主张的独立应该予以保存，首先应该主张在民族工业与民族文化上。我们的学者也许还记得，他的叙利亚祖先们过去总是穿着由叙利亚人纺织裁剪出来的衣服，乘着叙利亚人的船到埃及去。我想，如果他也穿着他的祖国做出的衣服，乘上叙利亚人开的船，不是更好吗？

我们的学者所遇到的问题是他只顾谴责结果，却忽视了起因。大多数东方人就像他这样，在细枝末节上坚持自己是个东方人，却又吹嘘他们从西方人那儿拿来的并不是细枝末节的东西。

我要对我们的学者先生以及所有戴着红毡帽的人说：“在你们自己的作坊里做红毡帽，然后再决定你戴着它乘船、爬山、钻洞时该怎么干。”

上帝作证，我写这篇文章的目的并不是要引起一场在某个场合该不该戴红毡帽的争论。另外的用意要比一顶戴在浑身战栗的人头上的红毡帽深远得多。

苏尔班

地点　贝鲁特。优素福 · 穆齐拉家中。

时间　1901 年春天的一个晚上。

人物　保罗 · 苏尔班　音乐家、作家。

优素福 · 穆齐拉　作家、学者。

海伦 · 穆齐拉　优素福的妹妹。

萨勒姆 · 莫瓦德　诗人、琉特琴演奏家。

哈里勒 · 贝 · 台默　政府官员。

[幕启。优素福 · 穆齐拉家的客厅。这是一间宽敞的、装饰得体的房间。桌子上散乱地摊着书刊。哈里勒 · 贝 · 台默吸着土耳其烟斗。海伦在绣花。优素福 · 穆齐拉抽着一支

香烟。]

哈里勒 （对优素福）今天我读了你登在《美术》上的一篇文章。我非常喜欢。要不是它有欧洲味，我敢断定这是我所读过的最好的一篇文章。但是，我预见到了西方教育影响的害处。

优素福 也许你是对的，我的朋友。但你的观点和行为却自相矛盾。你穿欧洲服装，坐欧洲椅子，厨房里用着西方炊具。总的来说，你读欧洲文学比读阿拉伯文学要多。

哈里勒 这些都是表面现象，跟真正的文化没有关联。

优素福 你说得不错，然而它们有着有机的、本质的联系。如果你再往深处想想，你就会发现艺术反映并影响着习俗、风格、宗教以及社会传统——我们生活的各个方面。

哈里勒 我是个东方人，尽管我穿着欧洲服装，我也还是个东方人。我真心希望阿拉伯文学能够不受欧洲文化的影响。

优素福 那么，你能宣告阿拉伯文学绝迹吗?

哈里勒 结果又怎样呢?

优素福 古老的文化要是不能用现代的作品使自己获得新生，这一切都注定了知识的死亡。

哈里勒 你的证据呢?

优素福 我有一千个证据。

[正在这时，保罗·苏尔班和萨勒姆·莫瓦德走了进来。

大家都有礼貌地站了起来。]

优素福　欢迎到我家来，弟兄们。（对保罗·苏尔班）欢迎你，叙利亚的夜莺。

[海伦看着保罗。她的脸颊红了起来，现出快乐的神情。]

萨勒姆　优素福，请别再唱赞歌了。

优素福　为什么？

萨勒姆　（故作严肃地）因为他做了些不值得敬重的事。他莫名其妙地发脾气，简直是个疯子。

保　罗　（对萨勒姆）难道我带你来这里是让你揭我的短吗？

海　伦　出了什么事，萨勒姆？你又发现保罗的什么新缺点了？

萨勒姆　不是什么新缺点，而是老毛病发到了极点，看起来便像是新的了。

优素福　告诉我们发生了什么。

萨勒姆　（对保罗）你是愿意让我说呢，还是想自己坦白？

保　罗　我情愿你像坟墓一样沉默，像老女人的心那般平静。

萨勒姆　那么，我倒应该讲了。

保　罗　我明白了，你是存心要破坏我们今晚的气氛。

萨勒姆　不。我只是想告诉我的朋友们发生了什么事，让他们知道你是什么样的人。

海　伦（对萨勒姆）告诉大家发生了什么。（对保罗）保罗，也许萨勒姆一心要揭露的罪行却只会显示出你的美德。

保　罗　我既没有犯下任何罪行，也没有获得什么美德。我们的朋友如此急切地要讨论的问题，其实并不值得一提。再说，我不想成为无聊闲谈的话题。

海　伦　好了，让大家听听这个故事吧。

萨勒姆（卷了支烟，坐在优素福身旁）先生们，你们都听说过贾拉勒帕夏[①]为他儿子的婚礼而举办的舞会吧。他邀请了这个城市里的所有名流，其中也包括我和这个无赖（指保罗）。他邀请我是因为大家都认为我是保罗的影子。再说，保罗，上帝保佑他，除非我陪着他，不然他是不会考虑唱歌的。

我们到那儿已经很迟了，这就是保罗一贯的高贵做派。在那儿，我们看到了总督和主教，还有名媛、学者、诗人、富豪和官员。

我们在香炉和酒杯中间坐下，客人们的眼睛都盯着保罗，仿佛他是从天堂降临的天使。那些漂亮的女士给他敬酒、献花，就像雅典的妇女对待从战场上得胜归来的英雄一样。

长话短说，我们的保罗可是众人大献殷勤的对象，我拿

---

① 帕夏，意思是文官。

起我的琉特琴，先弹奏了一会。当保罗开口唱法里德的一段诗时，大家都竖起了耳朵听，就好像穆苏里从永恒之域回来，在他们耳边低语那样的神秘气氛。突然，保罗停止了歌唱。大家都巴望着他用酒清清嗓子继续唱，可保罗就不再开口了。

保　罗　别说了，别再胡言乱语。我相信我们的朋友们是不会感兴趣的。

优素福　让我们听听下面的故事吧。

保　罗　好像你们大家都想听他饶舌而不在乎我在不在场，那么我就告辞了。

海　伦　（温柔地看着保罗）坐下吧，保罗。不管这个故事是怎样的结局，我们都会支持你的。（保罗顺从地坐下了）

萨勒姆　（继续他的讲述）我刚才讲到可怜的保罗唱了一段法里德的诗就停了下来。这就像赐给他那可怜的、饥饿的听众一片女神的面包，然后又把桌子踢翻，把花瓶和杯子打碎一样。他坐在那儿就像尼罗河沙滩上的斯芬克斯。那些漂亮的女士都从自己的座位上站了起来，一个接一个地来到他跟前请求他唱歌，但是他一一拒绝了，推说他嗓子疼。接着，那些达官贵人也上前恳请，他仍旧固执，好像上帝把他的心变成了坚硬的石头，把他的歌声变成卖弄风情一样。当贾拉勒帕夏把他叫到另一间屋子时，已过半夜了。贾拉勒帕夏把一堆第纳尔放在他手里，说道：“没有你的歌声，这个舞会就会死气沉沉。我请求你收下这些礼物，这不是给你的报酬，而是我对你的爱戴和敬慕。请不要让我们失望。”保罗把那些钱扔在地上，像国王一样不可一世地说：“你侮辱了我。我到这儿来不是为了出卖我自己，我是怀着善良的愿望来这儿的。”

贾拉勒帕夏也火了，他说出了一连串的粗话。于是我们敏感的保罗就离开了他的家，他伤心地诅咒个不停。我提起琉特琴赶快跟了出来，把漂亮的女士和宴席上的美味佳肴抛在身后。因为我这个倔强的朋友，我牺牲了所有这一切，可我这个朋友连谢也不谢我一声，连表扬表扬我对他的忠诚也没有。

优素福　（笑起来）这可真是个有趣的故事，值得用针写在瞳孔里。

萨勒姆　我还没讲完呢，最精彩的部分还在后头。没有一个印度或波斯的说书人能想出这样出人意料的结尾。

保　罗　（对海伦）我是因为你的缘故才留下的，请告诉那只青蛙不要再呱呱乱叫了。

海　伦　让他讲吧，保罗。我向你保证，我们大家都会站在你这一边的。

萨勒姆　（重新点起一支烟，继续讲）我们离开了贾拉勒帕夏家，一路上他不停地诅咒富人，而我却在心里咒骂他。可你们以为我们从贾拉勒帕夏的公寓出来就马上回家了吗？听我讲，别奇怪。你们都知道哈比卜·萨蒂的家就在贾拉勒帕夏家对面，中间隔了座小花园。哈比卜喜欢喝酒、唱歌和做梦，他还崇拜这个偶像（指着保罗）。离开帕夏的家，保罗在街心站了几分钟，揉了揉前额，就像一个大元帅计划发起一场征讨叛军的战役。接着，他突然朝哈比卜家走去，按响了门铃。哈比卜穿着睡袍出现在门口，揉着眼睛，打着哈欠。一看见保罗和腋下夹着琉特琴的我，他的眼睛顿时闪出欣喜的光泽，就好像天堂之门打开了似的。

“什么风把你们在这节骨眼上吹来了？”他对我们说。保罗答道：“我们到你家来庆祝帕夏儿子的婚礼。”哈比卜不解地问：“是不是帕夏家还不够宽敞？”保罗马上答道：“帕夏家没有一双耳朵真正想听我们的音乐，所以我们就上你家来了。给我们拿点阿拉克[①] 和开胃菜来，不要再问什么问题了。”

我们舒舒服服地坐在那儿。当保罗喝完了第二杯酒时，他推开了所有朝向帕夏家的窗子，把琴递给我说：“摩西，这就是你的手杖，把它变成毒蛇。弹吧，一直弹下去，好好弹。”

我抱起琴顺从地弹了起来。保罗把脸转向帕夏家，用最高的嗓门唱了起来。

（萨勒姆停了一会儿，接着用更为严肃的语调讲下去）

---

① 阿拉克：黎巴嫩的白兰地。

我与保罗相识已经十五年了。我们一块上学，我听过他高兴时唱的歌，也听过他哀伤时唱的歌。我听过他像寡妇失去独子那样号哭，听过他像情人那样吟唱，也听过他像胜利者那样咏唱。我听过他在静谧的夜晚说出的能使入睡的人着迷的悄悄话。我听过他在黎巴嫩的山谷里伴着远方教堂的钟声唱起的歌谣，空中充满了神奇和敬意。我听他唱过一千次了，我以为我知道了他的全部魅力。但在昨天晚上，当他朝着帕夏家唱歌时，我对自己说："我对这个人的生活几乎一无所知！"现在我开始了解他了。过去，我听到的只是他用嘴唱的歌，但昨天晚上我听到了他的内心和灵魂……

保罗一首接一首地唱。我感到情人的心在我们头顶上盘旋、低语，唤起了我们对过去的回忆，撩开了夜幕掩盖着的一切，袒露了人性的希望和梦想。是的，先生们，这个人（指着保罗）昨天晚上攀登到了艺术阶梯的最高一级，触摸到了星星，直到黎明时分才回到地球上来。到那时，他征服了他的敌人，把他们当作他的垫脚石。一听到他的声音，帕夏的客人们都拥到窗子前，有的还走出客厅，来到了花园里的树荫下，当他们心里荡漾着这种神圣的令人陶醉的旋律时，他们全都宽恕了这个曾冒犯过他们、使他们痛苦的傻瓜。有些人为他欢呼，赞美他，而另一些人则咒骂他。我从宾客那儿得知，贾拉勒帕夏气得像狮子一样咆哮，在大厅里怒气冲冲地来回走个不停，嘴里骂着保罗，指责那些离开宴席去听他唱歌的宾客。好了，既然你们都听到了结尾，你们怎样看待这个天才加疯子？

哈里勒 我不责备保罗，因为我不敢妄称我了解他的秘密和用意；我知道这只是他的个人问题。我现在意识到艺术家的性格，尤其是音乐家的性格，是与众不同的。用普通的尺度去衡量他们的行为是不公平的。艺术家，我听说的艺术家，是指那些为他们的想法和情感创造出新的表达方式的人们，他们在周围的人甚至朋友中都是熟悉的陌生人。当众人向西时，他却转向东。究竟是什么影响着他的内心，他自己也弄不明白。在寻欢作乐的人当中，他是不幸的；而在忧郁的人当中，他又是幸福的。在能人当中，他是虚弱的；在弱者当中，他又是有能力的。他超乎法律之上，不管人们是否喜欢，他仍旧我行我素。

哈里勒 优素福，你说的话和你发表在《艺术》上的话没什么两样。让我重复一遍：你所主张的欧洲精神总有一天会导致民族和国家的毁灭。

优素福 你这是把保罗昨天晚上的行为归因于你所反对的欧洲精神吗？

哈里勒 我对保罗所做的一切感到很吃惊，尽管我很敬重他。

优素福 难道保罗没有权利和自由去做对他的艺术有利的事吗？

哈里勒 是的，从理论上说，他有权利随心所欲地去做他想做的事；但是在我看来，我们的社会不允许这种自由。我们的好恶、习俗和传统不允许人们像保罗昨天晚上那样的做法，那样做会使他自己受到指责。

海　伦 既然这个有趣的话题展开了，为什么不让他自己说说呢？我相信他会为自己辩护的。

保　罗 （沉默了一会儿）我多么希望萨勒姆没有提起这件事啊。昨天晚上发生的事已经过去了。但既然像哈里勒说的那样，我现在受到众人的指责，我要向你们表明我对这个问题的看法。

你们大家都知道我一直受到批评指责。我被说成是被宠上了天的、喜怒无常、不值得尊敬的人。这样苛刻的批评为的是什么？这是攻击我性格中的不能改变的东西，如果我能改，那我就不会受到攻击了。拒绝出卖自己的灵魂或者被奉承诱惑，这是我自己的事。这个城市里有许多歌唱家、音乐家，许多诗人、批评家和学者，许多手捧香炉的人和乞丐。他们都在出卖自己的嗓子、自己的思想和自己的良心，以换回一枚硬币、一顿饭或是一瓶酒。我们的那些阔佬富豪和达官贵人廉价收买艺术家和学者的作品，陈列在他们的豪宅里，如同在公园和街上显示他们买的马和车一样。

是的，在东方，歌唱家比奴隶和手捧香炉的人地位高不了多少。他们被叫到婚礼上演唱，在宴会上演说，在葬礼上悲恸，对着坟墓念赞美诗。他们就像那些装满了悲伤和喜悦的机器。如果什么时候没使唤他们，这些机器就被搁在一旁，像用旧的器皿一样无人问津。我不想一味地指责那些富人，我只想指责那些不看重自己的歌唱家、诗人和学者。我指责他们，因为他们不藐视那些卑劣和无聊的东西。我指责他们，因为他们宁愿忍受侮辱，也不愿去死。

哈里勒（激动地）可那些宾客和主人都哀求你唱啊。你怎么能说你唱歌是一种屈辱呢？

保　罗　如果昨天晚上我在帕夏家唱得出歌，那么我肯定非常乐意这样做。但环顾四周，我看到的尽是些阔佬富豪，他们的耳朵里只有万能的第纳尔的撞击声在回响，他们生活的秘诀就是损人利己。那样的人区分不出真正的诗歌和打油诗，区分不出纯正的音乐和敲罐砸锅的声音。我不愿拿一幅美丽的图画给瞎子看，不愿让聋子倾听我心灵的声音。

音乐是精神的语言。它藏匿在歌唱者的内心和听众灵魂之间的同频共振里。对于那些不会听或者听不懂的人，歌唱家是不愿意尽情地奉献他的歌声的。音乐就像一把小提琴，它那敏感的弦绷得很紧。如果弦松了，就不能奏出美妙的乐曲。昨天晚上，当我看到坐在帕夏家的宾客时，我灵魂的弦变松了。除了那些虚假浅薄、愚蠢无知、狂妄傲慢的人以外，我什么也没看到。他们之所以对我摇尾乞怜，是因为我对他们不屑一顾。如果昨天晚上我表现得像个收了钱而像青蛙一样呱呱乱叫的歌唱家，那么没有一个人会听我唱歌。

哈里勒 （打趣道）所以，你到哈比卜家从半夜唱到天亮是为了出出气喽？

保　罗 我唱歌是因为我想倾诉心中的快乐，责备夜晚、生命和时间。我感到我亟须绷紧在帕夏家已经松动了的灵魂之琴弦。但如果你说我这样做是出于恶意，你尽可以这样说。艺术是一只小鸟，或自由翱翔在天空中，或悠闲信步在地面。没人能改变它的行为。艺术是一种精神，它既不能买也不能卖。我们东方人应该知道这个真理。那些像红硫黄一样稀罕的艺术家——我们应该尊重他们，因为他们是满装神酒的花瓶。

优素福 我同意你的观点，保罗。这教给了我一些新东西。你是个真正的艺术家，我只不过是个艺术的追随者和崇拜者。我们之间的区别就像陈年老酒和未成熟的酸葡萄一样。

萨勒姆 我现在还不信服，而且我永远也不会被说服。你的哲学是一种受外国影响的病症。

优素福 如果你听过保罗昨天晚上唱歌，你就不会称之为病症了。

［正在这时，女仆走进来说，点心都已经放在桌子上了。］

优素福 （从座位上站起来）奶油白糖粉丝准备好了，这种点心就像保罗的声音一样甜。

［大家都站了起来。优素福、哈里勒、萨勒姆都离开了

大厅。保罗和海伦故意逗留在后，想交换甜蜜的微笑和灼热的目光。]

海　伦（轻声地）你知道吗？昨天晚上我听到你唱歌了。

保　罗（吃惊地）海伦，亲爱的，你这是什么意思？

海　伦（羞怯地）我听你唱歌时，我正在我姐姐玛丽家。我在那儿度过了一个夜晚，因为她丈夫出城去了，她不敢一个人待在家里。

保　罗　你姐姐住在帕恩公园？

海　伦　不，她住的地方离哈比卜家只有一条街。

保　罗　你真的听到我唱歌了？

海　伦　是的，我听见你的灵魂从午夜一直唱到黎明。我听到上帝通过你的声音说话。

优素福（从隔壁房间叫）奶油白糖粉丝快要冷了。

[海伦和保罗离开了大厅。]

【幕落】

你的黎巴嫩和我的黎巴嫩

你有你的黎巴嫩，我有我的。

你的黎巴嫩是政治的，问题种种；

我的黎巴嫩是自然的，无限美好。

你的黎巴嫩纲领繁多，矛盾重重；

我的黎巴嫩充满了无数的美梦和希望。

你为你的黎巴嫩沾沾自喜吧，就像我对想象中的自由的黎巴嫩感到满足欣慰。

你的黎巴嫩是纠缠在一起的政治难题，只有时间才能解开；

我的黎巴嫩是连绵起伏的小丘和山脉，肃静而庄严地拔地而起，直指蓝色的苍穹。

你的黎巴嫩是尚待解决的国际问题；

我的黎巴嫩是平静而令人流连的山谷轻轻地回荡着教堂的钟声，以及潺潺小溪的低吟。

你的黎巴嫩是一场与来自西方和南方的对手的角逐；

我的黎巴嫩是插上翅膀的祈祷。清晨，牧羊人赶着羊群去草原的时候，它飞翔；黄昏，农夫从田间和果园归来的时候，它再次飞翔。

你的黎巴嫩是人头攒动的一次人口普查；

我的黎巴嫩是一道宁静的山脉，坐落在大海与平原之间，像一个诗人坐在永恒之中。

你的黎巴嫩是狐狸撞上鬣狗时耍的花招，是鬣狗碰到豺狼时玩的诡计；

我的黎巴嫩是少女记忆的花环，在月光下怒放，是贞女在打谷场和榨酒机间唱出的歌曲。

你的黎巴嫩是一盘主教与将军对弈的象棋；

我的黎巴嫩是一座庙宇，当我的灵魂厌倦于那种运转在轮子上的文明时，能从中找到庇护。

你的黎巴嫩由两个人组成——一个缴税，一个收税；

我的黎巴嫩是一个头枕手臂、躺在杉树丛的阴影里休憩的人，全然忘却除上帝与阳光之外的一切。

你的黎巴嫩是港口、兵营和商业；

我的黎巴嫩是遥远的思绪和灼热的爱，是大地凑在天堂耳边的轻声细说。

你的黎巴嫩是官吏、职员和管理者；

我的黎巴嫩是青年的成长，是中年的果断，是老年的智慧。

你的黎巴嫩是代理人和委员；

我的黎巴嫩是风暴之夜里，白雪减弱它耀眼的白光，人们在壁炉前的重聚和围坐。

你的黎巴嫩是党团和宗派；

我的黎巴嫩是青年人攀登岩石嶙峋的山峰，涉过涓涓小溪，在田野漫游。

你的黎巴嫩是讲演、说教和争执；

我的黎巴嫩是夜莺唱着的歌，是树林里枝叶的瑟瑟声，是牧羊人的长笛在山谷里的回响。

你的黎巴嫩是伪装的，没有自己的观点，是欺骗；

我的黎巴嫩是纯朴而又赤裸的真实。

你的黎巴嫩是法律、规则、公文和外交文件；

我的黎巴嫩了解凭直觉就知道的生命的秘密。我的黎巴嫩是渴望，渴望用那敏感的翼梢去触碰未知世界的遥远尽头，并深信它是我们的梦想。

你的黎巴嫩是一个眉头紧蹙的老人，捋着胡子，心里只想着他自己；

我的黎巴嫩是一个宝塔般挺立、像黎明一样微笑的青年人，他在想着自己的同时也想着他人。

你的黎巴嫩在寻求独立的同时，又和叙利亚保持一体；

我的黎巴嫩既不加入任何国家，也不从任何国家分离，既不扩张也不退缩。

你有你的黎巴嫩，我有我的。

你有你的黎巴嫩和她的子孙，我也有我的黎巴嫩和她的子孙。

可谁是你的黎巴嫩的子孙呢？

让我给你看看他们的真实情况：

他们都是那些灵魂降生在西方的医院里，在那些故作慷慨的贪婪者怀里醒过来的人。

他们就像那左右摇摆容易折断的树枝。他们无论在清晨还是黄昏都战栗不停，却又不知为何战栗。

他们就像一艘受大浪冲击的船，既无桅杆又无舵。怀疑主义是它的船长，妖怪的洞穴是它的港湾；欧洲的每个首都不都是妖怪的洞穴吗？

这些黎巴嫩的子孙在自己人中间都强壮有力，能言善辩，但在欧洲人中间却虚弱乏力，哑口无言。

他们都是些想入非非、热血澎湃的改革者，但仅在报纸上和讲台上。

他们像青蛙一样呱呱叫道："我们摆脱了古老的敌人。"但此时，他们的古老的敌人正隐藏在他们的躯体里。

他们走在送葬的队伍中又唱歌又打鼓，但却用号啕大哭和撕扯衣服向婚礼仪仗队致意。

他们从不知饥饿，他们只会感到囊中羞涩。当他们碰到一个精神上饥饿的人时，就奚落他，避开他，说："他只不过是一个行走在鬼怪世界里的幽灵。"

生锈的镣铐换成闪亮的，他们就以为自己是获得了自由的奴隶。

这些就是你的黎巴嫩的子孙。他们有谁像黎巴嫩的岩石一样坚定？有谁像黎巴嫩的山脉一样高贵？有谁像黎巴嫩的清水那样既甘甜又清纯？有谁像黎巴嫩令人神清气爽的微风那样既干净又新鲜呢？

他们之中有谁能自称他的生命是黎巴嫩血管中的一滴鲜血，是她眼中的一颗泪珠，或是她唇边的一抹微笑呢？

这些就是你的黎巴嫩的子孙。在你眼中他们是多么了不起啊，而在我眼中他们却渺小无比！

现在让你看看我的黎巴嫩的子孙吧：

他们是把布满乱石的荒地变成果园和花圃的农民。

他们是从一个山谷到另一个山谷放牧羊群的牧羊人，这样，他们的羊群就不断增多和繁殖，供给你羊肉做食物，供给你羊毛织衣服。

我的黎巴嫩的子孙都是些栽培葡萄的人，他们榨葡萄汁酿成美酒。

长辈们种桑，年轻人纺线。

丈夫收割小麦，妻子聚拢麦捆。

他们是泥瓦工、陶工、织工和制造教堂大钟的人。

他们是用新颖的风格倾诉他们内心的诗人和歌唱家。

他们离开黎巴嫩前往异乡时身无分文，但内心却燃烧着热情的火焰。他们决心带着丰富的物产，戴着齐眉的花冠归来。

他们适应新环境，无论去何方都受到尊重。

这些就是我的黎巴嫩的子孙，他们是永不熄灭的火炬和不会腐坏的盐。

他们稳步走向真、善、美。

从今天算起的一百年之后，你将给你的黎巴嫩和她的子孙留下些什么？告诉我，除了做作、虚假和愚蠢之外，你还会为将来留下些什么？

你相信苍天将收留幽灵的死亡和墓穴的呼吸吗？

你能想象生命将其躯体闷死在破衣烂衫里吗？

真的，我对你说，在黎巴嫩的山脚下，村民种出的橄榄树苗会比你的事迹和成就活得更长久。黎巴嫩的梯田里由两头公牛牵引着的木犁，比你的希望和雄心值得称赞。

我对你说，宇宙良知是我的见证人，即使在黎巴嫩的山坡上种菜的人哼出来的歌，也比你那些名流雅士的喋喋不休要动听。

记住你只是个零。但当你意识到你的渺小时，我对你的反感就会转变成同情和友爱。你不明白这一点可真遗憾。

你有你的黎巴嫩，我有我的。

你有你的黎巴嫩和她的子孙，如果你对空洞的气泡感到高兴，那么，你就满足于你的黎巴嫩和她的子孙吧。至于我，我的黎巴嫩让我感到幸福和舒适，在我对她的尊敬中含有甜蜜、满足和平静。

贞女的故事

一朵凡手不能触摸的花

她像贞女一样活着，她像贞女一样死去

敌人的力量数倍于他，于是将军别无选择，只得发布如下命令：

“为了避免兵士和弹药的损失，我们必须有秩序地撤退到一个敌人不知道的小镇上，商定新的对策。我们必须步行穿过这片沙漠，走这条路总比落入敌人手中要好得多。我们将经过寺庙和修道院，我们必须占领这些地方以便获得食物和给养。”

队伍中没有人表示异议，因为他们都清楚，在这关键时刻舍此别无他途。

他们忍受着疲惫、酷热、饥饿和干渴，在沙漠里行走了数日。一天，他们看见一座像古代的堡垒那样庄严的建筑。它的门就像用围墙围起来的城市的大门。一看到那城门，他们的精神不禁为之一振。他们认为那是一个能休息和找到食物的修道院。

他们推开了大门，好一会儿，也没有人来迎接他们。后来，一个年轻的女子出现在门口，她全身都裹着黑衣，脸是全身唯一可见的部分。

她对指挥官解释道，这儿是女修道院，必须像女修道院一样对待，不能做对女修道院有害的事。将军答应保护修女，接着为他的部下们讨食物。这些军人都被安排到女修道院宽敞的花园里用饭。

将军是个四十岁左右的人，他邪恶，不能克制自己。因被焦虑弄得紧张不安，他想找个女人来解除他的忧虑，因此他打定主意去强迫一个修女。但这种危险的淫念却使他玷污这个神圣的地方，这个修女们定期与上帝交流、不停地向上帝祈祷的地方，这个远离虚假和堕落的尘世的地方。

在消除了女修道院院长的疑虑之后，背信弃义的将军爬上了梯子，这梯子正好通向他从窗子里看到的那个修女的房间。多年的祈祷和孤独的自我克制并没有磨掉她纯真的脸上的女性柔美。她从那个罪孽的世界来到这个受庇护的地方，来到这个远离尘世喧嚣的膜拜上帝的地方。

那个罪犯一闯进她的房间，就拔剑威胁她，说如果她呼救的话，他就要杀死她。

她微微地笑了笑，一句话也不说，装作好像顺从他的愿望。她看着他，温柔地说："坐下来休息一会儿吧，你显得很疲倦。"

他靠近她坐下，满以为自己已经牢牢地控制住了猎物。她对他说："我对你们这些打仗的人感到纳闷，因为你们在投入死神的怀抱时竟然不害怕。"

那个愚蠢的懦夫答道："环境逼迫我们去打仗。如果没人说我是懦夫，我真想在答应率领这支倒霉的部队之前就逃走。"

她对他淡淡地笑了笑："可你不知道吧，在我们这个神圣的地方，有一种药膏，涂满全身能使你挡住刺向你的最锋利的剑。"

"真的？那药膏在哪儿呢？我肯定会涂的。"

"好，我这就拿给你。"

那年代的人们对药膏的奇效深信不疑，那个军官一点也没有对这个圣洁的姐妹起疑。

她揭开了一个缸子，拿给他白色的药膏。一看到这药膏，他顿时起了疑心。她拿了一点涂在脖子上，对他说："如果你不相信我，我会证明给你看。拿着剑，使尽你的全身力气朝我脖子上刺来吧。”

他犹豫不决，但她不断鼓励他朝她的脖子狠狠地刺，到最后，他照办了。

当他看到一颗脑袋从修女身上滚下来，落在地板上一动也不动时，他吓得差点没昏过去。接着，他明白了她保护自己免遭玷污的计谋。

修女死了……那军官除了眼前的两样东西：那贞女的尸体和一缸药膏之外，什么也看不到。他先是死死地盯着那药膏，后来又盯着那无头的身体。他失去了理智，一把将门推开，冲了出去，手里举着血淋淋的剑，大声地冲着他的部下嚷道：“快！快！快离开这儿！”

他没命地跑，直到有人追上他，发现他像一个傻乎乎的小孩一样大声地叫着：“我杀死了她！我杀死了她！”

你的思想和我的思想

你的思想是棵树，深深地扎根于传统的土壤里，它的枝条茂密地生长着；

我的思想是天空中飘浮的白云。它会变成水珠降落下来，形成一条小溪，欢快地唱着歌，流向大海，然后又变成蒸汽再飘到空中。

你的思想是一座堡垒，无论是大风还是闪电都不能摇动；

我的思想是一片随风摇曳的嫩叶，在摇曳中找到快乐。

你的思想是古老的教条。它不能改变你，你也不能改变它；

我的思想是日新月异的。它检验我，而我每个清晨和黄昏也都验证它。

你有你的思想，我有我的。

你的思想让你相信不平等的弱肉强食，让你相信用诡计欺骗单纯的人；

我的思想给了我一种欲望，我要用锄头在地里耕耘，用镰刀收割庄稼，用石头和沙浆建造房屋，用羊毛和亚麻线织衣服。

你的思想怂恿你去攀附财富和权贵；

我的思想要求我一切靠自己。

你的思想主张追逐名誉和出风头；

我的思想却劝告我、恳求我把这些世俗的功名抛在一边，像对待撒在天国海滩上的一粒粒沙子一样。

你的思想把傲慢和优越感灌输给你；

我的思想在我心中播种对和平的热爱与对独立的渴望。

你的思想尽做美梦，梦见缀满珠宝的檀香木家具和丝线织成的床单；

我的思想却在我耳边轻轻地说：“即使你的头没地方靠，也要保持身体和精神的洁净。”

你的思想使你祈求官阶和地位；

我的思想却劝告我谦卑地为他人服务。

你有你的思想，我有我的。

你的思想是社会的科学，是一部宗教和政治词典；

我的思想却是一条简单的公理。

你的思想经常谈论美人、丑女、良妇、娼妓、才女和蠢妇；

我的思想却把每个女人都看作是男人的母亲、姐妹或女儿。

你的思想的臣民不外乎是小偷、罪犯和谋杀者；

我的思想断言小偷是垄断的产物，罪犯是暴君的后代，谋杀者和被杀者皆属同类。

你的思想描述法律、法庭、审判和惩罚；

我的思想则解释人们在制定法律的时候，既不想违犯它也不想遵守它。如果有一条基本的法律，那么，我们在它面前必须得到同样的对待。鄙视出身卑贱的人，那样的人自己就很卑贱；大肆吹嘘自己对罪孽深重的人的蔑视，那样的人就是在大肆宣扬对所有人类的蔑视。

你的思想关心能工巧匠、艺术家、知识分子、哲学家和牧师；

我的思想谈论的是有爱的人、真诚的人、诚实的人、坦率的人、仁慈的人和殉道者。

你的思想拥护犹太教、婆罗门教、佛教、基督教和伊斯兰教；

在我的思想里却只有一个普通的宗教，它的各种不同的途径只不过是上帝仁慈的手指。

在你的思想里有富人、穷人和乞丐；

我的思想却没有财富，只装着生活，我们全是乞丐，没有所谓的施恩者，只有生活本身。

你有你的思想，我有我的。

在你的思想看来，伟大的民族依赖于他们的政治、他们的党派、他们的会议、他们的同盟和他们的条约。

但我的思想却宣称民族首先要依赖实干——在田间耕耘，在葡萄园采摘，用织布机纺织，在制鞋厂里缝制，在矿山开掘，在木材堆置场搬运，在办公室和出版社书写。

你的思想认为民族的光荣靠的是英雄。你的思想为拉美西斯、亚历山大、恺撒、汉尼拔和拿破仑唱赞歌；

我的思想却只承认孔子、老子、苏格拉底、柏拉图、泰勒布、格查理、鲁米、哥白尼和巴斯德。

你的思想在军队、大炮、战舰、潜艇、飞机和毒气中显威；

我的思想则认为实力存在于理智、决心和真理之中，无论暴君的统治维持多久，他最终都是个失败者。

你的思想区别对待实用主义者与理想主义者、部分与整体、神秘主义者与唯物主义者；

我的思想意识到生活只有一种，它的重量、气量和时间不会与你的重量、气量和时间吻合。你所猜测的理想主义者也许是个实际的人。

你有你的思想，我有我的。

你的思想对着废墟和博物馆，以及木乃伊和像石头一样无感觉的东西；

我的思想却盘旋在不断变幻的云雾和彩霞上。

你的思想戴着王冠。你以此为骄傲，也以此为荣耀；

我的思想却在无名又遥远的山谷里漫游。

你舞蹈的时候，你的思想在击鼓；

我的思想则情愿忍受死亡的痛苦，也不愿忍受你的音乐和舞蹈。

你的思想想着的是流言蜚语和虚假欢乐；

我的思想则想着的是在自己的国家里流离失所的人，在自己的国人中成为异乡人的人，和在自己的亲友中倍感孤独的人。

你有你的思想，我有我的。

哈里勒·纪伯伦：自画像

※ 纪伯伦禀父书 ※

（1904 年 4 月，贝鲁特）

纪伯伦给在贝舍里的父亲写了这封信，让他不要为马利亚娜和萨尔塔娜的健康担心。他们的一位在美国的亲戚曾写信给纪伯伦的父亲，说纪伯伦的这两个妹妹都身患重病。于是，父亲写信给纪伯伦，向他诉说自己的忧虑。父亲没有注意到那封信的日期是 4 月 1 日——愚人节。

亲爱的父亲：

您那封表达忧虑的大函已悉，您在信中同我说了那个“悲伤而意想不到的消息”。假如我不知道写信人的用意和此信的目的，我也会同您一样感到担忧。他们（愿上帝原谅）在信中告诉您说，我的两个妹妹中有一人身患重病，需要一大笔钱才能治愈，这笔开销将使她们很难省下钱来寄给您。但是，我很快在信的一角发现了答案——此信写于 4 月 1 日，姑妈总喜欢开一些有趣无害的玩笑。她所说的妹妹生病这样的谎言，其离开事实的距离就像我们同她之间的距离一样遥远。近七个月来，我收到雷先生的五封信，他告诉我说，马利亚娜和萨尔塔娜的身体都棒极了。他还赞扬了她们俩温良的性格，称赞萨尔塔娜谦恭有礼，还说她与我无论在性格还是在长相上都极为相似。

此话出自一个我所知的最诚实的人之口，出自一个不愿开愚人节玩笑捉弄人、不喜欢编瞎话使人痛苦的人之口。您尽可放心，一切均好，别再担心了。

我目前仍在贝鲁特，不久我将随一家我十分尊敬的美国人一起去叙利亚和巴勒斯坦或者埃及和苏丹，进行为时一个月的旅游。因此，我无法确知自己还要在贝鲁特待多久。不过，我在这儿留一阵子是出于我的个人利益，目的是取悦那些关心我前途的人。请不必怀疑我的决断，我知道什么对我好，能使我的前程锦上添花。

这就是我能告诉您的一切。请转达我对所有亲友的思念之情，向关心我的人致意。愿上帝保佑您健康长寿。

您的儿子

纪伯伦

※ 致加米尔·马洛夫书 ※

（1908 年）

加米尔·马洛夫，黎巴嫩青年诗人兼作家，纪伯伦的忠实崇拜者。在这封信里，纪伯伦表达了对这位青年诗人的关怀之情。这位诗人离开巴黎迁到巴西的圣保罗去了。纪伯伦把他的朋友加米尔比作天堂里的火炬，照亮了人们的道路。与此同时，他也表达了对友人迁居的惊异。纪伯伦再三要求友人向他透露，究竟是出于何种动机去圣保罗，而置自己于“行尸走肉”之列的。

亲爱的加米尔兄弟：

读着你的信，我感到有个令人喜爱的精灵在屋里走动——一个美丽而忧伤的精灵，它的出没吸引了我，使我把你看作两个人：一个以巨大的翅膀飞翔在人类之上，那翅膀就像先知约翰在宝座前七盏神灯旁看到六翼天使时那样；另一个像被缚在巨大岩石上的普罗米修斯，带给人们火种，自己却触怒了众神。第一个人使我心中充满活力，慰藉我的心灵，他随黎明时分的阳光和快乐的微风一起舞蹈；第二个人却使我的心灵痛苦，它是时代变迁的囚徒……

无论过去还是现在，你都能使天堂的火炬投射下来，照亮人们前行的道路。但请你先告诉我，是什么法则或力量把你带到了圣保罗，作茧自缚，置身于那些生来就死而至今没有埋葬的人群之中？我真怀疑现在希腊诸神是否仍在行使他们的权力。

听说你将回巴黎居住，我也愿去。咱们是不是有可能在那艺术之城相会？咱们是不是会在世界的心脏聚首，参观歌剧院和法国大戏院，一起谈论拉辛、高乃依、莫里哀、雨果和萨多呢？咱们是不是能在那儿相会，一起步行去游览巴士底狱矗立的地方，然后回到咱们的住所，一起畅谈卢梭和伏尔泰这样的伟人，一起撰写关于自由与专制以及摧毁东方每一座城市的巴士底狱的文章呢？咱们是不是可以一起去卢浮宫，站在拉斐尔、达·芬奇和柯罗的画前，一起写写美和爱及其对人们心灵的触动呢？

噢，我的兄弟，我是多么渴望观赏这些艺术珍品啊！我感到我的心正被这种不可遏制的饥渴所噬咬，我多么深切地向往那些永恒的格言啊！这些渴求与向往都源自我心灵深处的力量——一种想尽快显示自己却又无法显示的力量，由于时机尚未成熟，由于那些自生之日便已死去的行尸走肉的游荡（他们像障碍物一样挡住活人的去路），而无法实现。

我的健康状况正如你所知道的那样，像门外汉手里的小提琴，发出刺耳的声响。而我的情感就像波涛汹涌的大海，我的心灵就像一只折断翅膀的鹑鸟，当它看到一群群鸟儿自由自在地翱翔在蓝天上时，它是多么痛苦啊！因为它发觉自己不能像它们一样飞啊，飞啊。但它也像其他鸟儿一样，享受着夜的静谧、黎明的来临、阳光的温馨和山谷的幽美。我时而挥笔作画，时而提笔撰文。当我沉浸其中时，就像一只小船在深不可测的大海和一望无际的蓝天之间航行——奇怪的梦幻，崇高的欲求，真诚的愿望，以及纷乱的思绪。这其中还有人们所说的“绝望”，而我则称之为“地狱”。

纪伯伦

※ 致阿米恩·格艾伯书 ※

（1908 年 2 月 12 日，波士顿）

1903 年 5 月，阿米恩·格艾伯访问了波士顿。他是一份出版于纽约的阿拉伯语日报《迁士》的编辑和拥有者。在他会见过的所有人当中，哈里勒·纪伯伦以其良好的礼仪和杰出的才智引起了这位新闻界人士的注意。

次日，纪伯伦把格艾伯邀请到家中，拿出自己的画给格艾伯看，并且把一本旧的笔记本拿了出来，上面记满了纪伯伦的沉思凝想。阿米恩看了这些绘画和笔记本上的诗歌之后，意识到自己发现了一位天才的艺术家、诗人和哲学家。欣喜之余，这位新闻界人士请纪伯伦担任该报的专栏撰稿人。

就这样，阿米恩·格艾伯把哈里勒·纪伯伦从波士顿的隐居地发掘出来，并且把他介绍给了阿拉伯读者。“我们这份报纸十分幸运，”格艾伯曾在一篇编者按中这样说道，“它得以向阿拉伯世界介绍一位青年艺术家的一流成果，他的绘画已经深受美国公众的仰幕。他就是来自著名的勇敢之城贝舍里的纪伯伦。我们在这儿发表题为‘泪与笑’的散文，对此，我们未加任何评论。好坏与否，还是请读者根据各自的欣赏趣味来评判吧。”这是纪伯伦第一次看到自己的名字印在阿拉伯语的报纸上。

当纪伯伦因《叛逆的灵魂》里有关露斯·艾尔·海妮的故事招致黎巴嫩当局和教会的驱逐时，是他的朋友阿米恩·格艾伯为该书写了序言。

正如信里所显示的那样，纪伯伦对阿米恩的感激和感情愈来愈深。纪伯伦祝他一路顺风——当时阿米恩正准备去黎巴嫩旅行，并且在信中告诉了友人自己的旅行计划。

亲爱的阿米恩：

我要告诉你一个消息，这个消息只有我妹妹马利亚娜略知一二，它一定会使你和你的朋友感到十分高兴。我将于明年春末去巴黎，到那美术之都去，在那儿住上整整一年。我即将在巴黎度过的十二个月，对我的一生将起到重要的作用，因为我即将在那光明之城度过的这段时光，是在上帝的帮助下开始的生活的新篇章。我将与艺术之都的艺术大师们在一起，在他们的指导下工作，从他们的点评中学习良多，从他们在艺术领域的建设性批评中获益匪浅。这些批评对我是否有益原本无关紧要，而从巴黎回美国，我的作品将享有更高的声誉，它将使那些对艺术一窍不通的富人争先恐后地购买我的作品——并非为绘画的艺术魅力所感染，而是因为作者曾在巴黎住过，与欧洲的画坛大师们整整待过一年。

在这之前，我从未梦想过会有这样一次旅行，甚至连这种念头也从未有过。因为这种旅行的费用对我这样的人来说是无法冒的风险。但是，亲爱的阿米恩，上帝早已悄悄地为我安排了这次旅行，在我面前打开了通向巴黎的道路。我将在巴黎度过我一生中整整一年的时光，牺牲所有的享乐。

这样，听完了我的述说，你想必明白了我留在波士顿并不是因为我热爱这个城市，也不是因为我讨厌纽约。我之所以在这儿，是因为这儿有一个天使引导着我走向辉煌的未来，为我通往智慧和金钱的成功铺平道路。不过，无论我在波士顿还是在巴黎，《迁士》将永远是我心灵栖息的乐园和欢舞的舞台。我的巴黎之行将为我提供一个机会，去写那些在这个嘈杂喧闹的、机械的、商品化的社会中难以发现或想象的事物。那里是卢梭、拉马丁和雨果居住过的万都之都，那里的人们热爱艺术就像美国人崇拜金钱一样。我要在那里进行社会调查，这将对我有所启发。

在你旅行期间，我会继续为每一期《迁士》撰稿。我将在文章里倾注自己的内心、灵魂以及我心灵的一切柔情、希望和幻想。我并不希望任何报偿，我所要求的是你的友谊。如果你感到这样做像是在往我欠你的道义债务上加物质债务的话，你可以告诉编辑部的人员支持我的《泪与笑》一书，帮助我收回花费在这本书上的日日夜夜。请告诉他们帮助我把这本书卖给阿拉伯读者，卖给在纽约或者其他州的商人。你知道，离开《迁士》的帮助，我是无法推广这本书的。

轻松几天吧，不要让琐事占据你的心灵。愿你陶醉于家庭的团聚和黎巴嫩的美丽景色之中。你已经努力工作了五年，应该休息一下了。请不要让对未来的忧虑骚扰你片刻的宁静。无论今后发生什么，《迁士》将永远是阿拉伯报纸的骄傲。每星期，只要有你的一则消息、阿萨德·拉斯特姆的一首诗和纪伯伦的一篇文章，就足以使整个阿拉伯世界睁开眼睛，将他们的注意力吸引到华盛顿街21号[①]。

马利亚娜向你问好，并祝你成功。愿上帝保佑你平安归来，多多赐福于你——其数量相当于我心中对你的热爱和尊敬。

纪伯伦

※ 致拉克里·纪伯伦书 ※

（1908年3月15日，波士顿）

近东有个风俗，人们互称“兄弟”或“姐妹”。亲朋好友等一切交往密切的人都使用这种称呼。此信写给拉克里，他是纪伯伦的一个表兄弟，纪伯伦称之为“兄弟”。他们俩少年时代是形影不离的好伙伴。当年在黎巴嫩圣雪松附近的贝舍里故乡时，他们一起生活，一起睡觉，一起玩耍，一起吃饭。

彼得是纪伯伦同父异母的兄长，有一副好嗓子，琉特琴也弹得不错，常常逗纪伯伦和拉克里

① 华盛顿街21号是《迁士》的办公地点和社址。

玩，照顾他们俩。拉克里离开贝舍里去巴西谋生时，纪伯伦与他保持着经常的联系。

在这封信里，纪伯伦向拉克里倾诉了他的抗争，抱怨阿拉伯的保守阶级——他们认为他的文章会毒害青少年的心灵，指责他散布异端邪说。后来，纪伯伦发表了一篇题为“异教徒纪伯伦”的文章。

亲爱的拉克里兄弟：

刚刚收到你的来信，它使我的心同时充满了喜悦和忧伤。往事如画，如同伴随光明到来、伴随黑暗逝去的幻影。那些日子不知是怎样溜走的。彼得去哪儿了？那段充满了彼得优美歌声和潇洒身影的时光又是如何一去不复返的？过去的日日夜夜就像拂晓时分盛开的花朵一样消逝了。你是带着痛楚回忆过去的，我也注意到你的来信字句间透露出对过去的留恋——它们来自巴西，却在我心中引起回响，使我想起贝舍里周围的山谷、山脉和溪流。

我亲爱的拉克里，人生就像一年的春夏秋冬四季。欣欣向荣的夏天之后，便是忧郁的秋天；感伤的秋天过后，暴虐的冬天便接踵而至，而美丽的春天要等可怕的冬天逝去之后才会出现。我们的生命的春天会再次到来吗？我们还能与小树同乐，与花朵共笑吗？我们还能与小溪赛跑，和小鸟儿一道歌唱，就像我们过去在贝舍里，彼得还活着时那样吗？那驱散我们的疾风暴雨能使我们重新相聚吗？我们能回到贝舍里，在圣乔治教堂旁边相会吗？我不知道。但我觉得生活是一种借债与还债。它今天给予，明日索回；再给予，再索回，直至我们厌倦了这种过程，屈服于最后的长眠。

想来你是了解纪伯伦的：他把大部分时间都用在写作上，用在与他最热爱的人们通信这无上的乐趣中。你同样知道那个纪伯伦，当他还是个孩子时，就十分喜欢拉克里，无论拉克里现在变成什么样。孩提时代热爱的人或物，到老都会在心里占有一席之地，可谓历久弥新。人的一生，最妙不可言的就是：灵魂仍然翱翔在曾经留连忘返之地方的上空。我就是这样一个忽视时间与距离，仍然记住这些地方的人。哪怕只是一个小小的梦幻，我也不会让它随白云飘向远方。正是对于昔日的永久怀念，唤起了我的永恒的记忆。但是，假如让我在悲伤和欢乐之间作抉择，我不愿意用我自己的心灵的悲伤去换取全世界的欢乐。

让我放下帷幕挡住过去，讲一讲我目前及今后的事情给你听吧。我知道，你喜欢听一个你所喜欢的男孩说的事情。听着，我给你讲述纪伯伦故事的第一章：我体质很差，却很健康，因为我从来不去想它，也没时间想它。我喜欢抽烟，也喜欢喝咖啡。如果你现在来看我，一进房门，你就会发现我隐身在浓浓的烟雾里，烟雾里还混合着亚满尼特咖啡的香味。

我嗜工作如命，绝不能容忍无所事事让时间白白流逝，哪怕是一秒钟。一旦我发现自己变得迟钝或者懒于思考，那日子真比奎宁还苦涩，比狼牙还锋利。我把自己的生命融入写作和绘画之中，我在这两种艺术中享受到的乐趣超乎一切娱乐之上。我感觉得出来，体内情感的火焰想用墨水和纸张表达出来。但我不能确信，阿拉伯世界是否还会像三年前一样友好地对待我。我之所以这样说，是因为已经有敌意的迹象显示出来了。叙利亚人称我为异教徒，埃及的文人墨客拼命诋毁我："他是公正法律的敌人，家庭纽带的对手，传统的叛逆。"他们讲得都不错。我不喜欢人为的法律，又蔑视我们祖先留下的传统。仇恨源自我对那神圣而崇高的仁慈的爱，这种仁慈是尘世一切法律的源泉，因为仁慈是上帝在人身上的影子。我知道，我赖以写作的原则是世界上大多数人心灵的呼声，因为精神独立之于生活，就像我们的心灵之于肉体……我这些说法是会被阿拉伯世界接受呢，抑或像影子一样渐渐隐去，最后消失？

纪伯伦能使人们的眼睛从脑袋和荆棘转向光明和真理吗？或是纪伯伦像其他庸人一样从这个世界走向天国，而不留下任何表明他存在过的东西呢？我不得而知。可我觉得心灵深处有一股强大的力量在躁动，一直想迸发出来，并且总有一天会在上帝的帮助下迸发的。

我有一个重要消息要告诉你：6月1日，我将赴巴黎加入一个艺术家的团体，并且在那儿待上一整年，然后再回美国。我在那儿的时间必将被学习、研究和艰苦的工作塞满，同时，这也是我的新生活的开始。

当你们合家坐在餐桌前分享佳肴时，别忘了我。请转告尊夫人和孩子们，有一个名叫纪伯伦的亲戚，他心中为你们每一位留下了爱的位置。

舍妹马利亚娜同我一起向你们问好。我把你的信读给她听的时候，她非常高兴。读到某些句子时，她的眼泪忍不住掉下来。愿上帝保佑你，赐予你健康的身体，让你仍然是我的好兄弟。

纪伯伦

※ 致阿米恩·格艾伯书 ※

（1908 年 3 月 28 日，波士顿）

亲爱的阿米恩：

这会儿，我把自己锁在屋子里，藏在浓浓的烟雾后面——那烟雾中混合着亚满尼特咖啡的味儿——同你进行一个小时的倾心交谈。此时此刻，我享受着咖啡、香烟，还有我们的交谈。

目前，我仍在此地，而你却在这巨大而又渺小的地球的另一半。你在美丽宁静的黎巴嫩，而我却身居喧嚣嘈杂的波士顿。你在东，我在西。不过，无论我们之间相距多么遥远，我总觉得你离我比以前更近了。人们之所以无法忍受与好友的分离，是因为相聚的快乐来自五个感官。然而，纪伯伦的灵魂已经超越到了更高的欣赏平面，不需要五个感官来沉思。他的心不用眼睛、耳朵、手指也能看、能听、能感觉。他的灵魂不走路、不坐车、不乘船就能周游全世界。我能看见远处的阿米恩和近处的阿米恩，能透视他周围的一切，如同灵魂能凝视其他许许多多无影无踪、无声无息的物体一样。我们生活中最精妙的美，正寓于其中。

你觉得黎巴嫩怎么样了？它还像你向往中那样美吗？它抑或变成了懒汉聚居的荒凉之地？诗人大卫、伊撒亚、法赫特、拉马丁和哈达德赞美与歌颂的山脉仍像过去一样雄伟吗？抑或群山和峡谷已不复亲切宜人，而是美感失却，孤独环绕？

你肯定会在写给《迂士》的文章里回答所有这些问题，而我也一定会一字不漏地仔细拜读的。如果有不宜公开讨论的事情，请在给我的私人信件中交流吧！分享给我你的感受，让我借由你的眼睛看到黎巴嫩的真实面貌吧。

这些天来，我就像个庆祝四旬斋的人，望眼欲穿地等待圣餐黎明的到来。我的巴黎之行，常使我梦想自己在那座知识和艺术之城将取得的成就。在你回黎巴嫩之前，我曾对你说过我要去巴黎。现在，我还决定在结束巴黎之行后游览意大利。我准备在意大利游历一年，参观博物馆，游览古代遗址，访问各个城市——威尼斯、佛罗伦萨、罗马和热那亚，然后返回那不勒斯，最后乘船回美国。这将是一次令人难忘的旅行，它将铸成一根金色的链条，连接起纪伯伦悲伤的过去与幸福的未来。

我确信，你在回美国途中将取道巴黎。在巴黎，我们将幸福地重逢；在巴黎，那些艺术大师的不朽之作会滋润我们干枯的心灵；在巴黎，我们将访问先贤祠，在维克多·雨果、卢梭、夏多布里昂和厄南的墓前驻足停留；在巴黎，我们将参观卢浮宫，一起观赏拉斐尔、米开朗琪罗和达·芬奇的绘画；在巴黎，我们将一起去歌剧院，欣赏上帝赐予贝多芬、瓦格纳、莫扎特和罗西尼灵感的歌曲和赞美诗……这些名字，阿拉伯人说起来十分拗口。然而，这是奠定欧洲文明的伟大英名，是那些肉体虽已为地球吞噬，但业绩永存世间的伟大的英名。暴风雨能使落花飘零，却无法殃及它的种子。这就是上帝给予那些曾干出一番轰轰烈烈的业绩的伟人的莫大慰藉，也是指引我们这些知识的追求者得以昂首阔步地走在生活之路上的光明。

收到了你寄自埃及亚历山大港的来信，我心情十分激动。我非常荣幸地读到了《迁士》上登载的你和我们的弟兄阿萨德·拉斯特朗在开罗相会的文章。每次只要听到你的或关于你的一字半句，我都感到无比的欢欣。不过，请告诉我，阿米恩，当你同黎巴嫩和埃及的文人学士举杯时，是否提到过我的名字？你是否说起过那远在大洋彼岸的圣父、圣子与圣灵之中的第三个名字？我相信我的朋友萨勒姆·萨基斯已经对你说过我写《叛逆的灵魂》所遭受的来自曼夫罗蒂的攻击。这个关于露斯·海妮的故事发表在《支援者》上，我非常高兴它会赢得如此之多的批评，因为这些迫害不失为对新原则的一种限制，尤其是它出自像曼夫罗蒂这样的学识渊博者之手。

这些天来，我的工作就像一环紧扣一环的链条。我的生活方式改变了，我多么怀念我梦想的巴黎之行之前，紧紧拥抱着我的心灵的孤寂带来的欢悦。就在昨天，我还满足于在生活舞台上扮演一个小小的角色；而今，我已意识到这种安于现状其实是一种惰性。以往，我常常通过泪与笑来看生活；今天，我却通过给灵魂注入力量，给心灵注入勇气，给身体注入动力的金色而又令人鼓舞的光明来认识生活。过去，我就像一只被关在笼中的小鸟，满足于命运之手扔给我的一粒粒果实；现在，我就像一只鸟儿见到了美丽田野和草原，向往着飞翔在辽阔的蓝天，带着眷恋，带着幻想，带着对苍穹的渴望。

在我们的生命中有比声誉更崇高、更神圣的东西，那就是我们所做的能带来声誉的大事。我感到体内有一股力量在潜滋暗长，想干一番大事，来遮掩对声誉的赤裸的欲望。这使我感到自己来到这个世界，是为了在生活的正面用大写字母写上我的名字。这种感情日日夜夜陪伴着我，正是这种情感，使我从15岁起就梦想着未来——那环绕和包围着光明、成功和喜悦的未来。我的梦想即将实现，巴黎之行就是在通往天堂的阶梯上迈出的第一步。我还打算在明年夏天出版我的《折断的翅膀》，这是我迄今为止写得最好的一部书。不过，将要在阿拉伯世界引起轰动的，则是有关哲学的《宗教与宗教意识》。这本书一年前我就动笔了，它在我心中的位置如同圆圈中的圆心。我将在巴黎把它写完，有可能自费出版。

当你置身于优美的风景、饱学之士的身边、古代遗址或高耸的山巅之时，你轻轻地呼唤我的名字，我的灵魂就会飞到黎巴嫩，盘旋在你的周围，同你一起共享生活的快乐，一起思索人生的意义和生活的秘密。当你看到太阳从桑宁山或者法姆·米扎卜山巅升起时，请记住我；当你看到太阳又回到它的栖息地，红色的余晖洒满山脉和峡谷，太阳用鲜血而不是用泪水向黎巴嫩告别的时候，请念着我；当你看到牧童坐在树荫底下，悠闲地吹着短笛，寂静的田野飘荡着悦耳的音符时，就像当年阿波罗被流放到这个世界上所做的那样，请记住我的名字；当你看到少女们肩扛水罐的时候，请念着我；当你看到黎巴嫩的村民迎着朝阳，额头上缀满晶莹的汗珠，脊背被沉重的负荷压得直不起来，艰难地犁地的时候，请记着我；当你听到大自然用日光谱写成的歌声和赞美诗混合着山谷幽香，圣雪松的轻风缓缓注入黎巴嫩人心间的时候，请想着我；当你应邀参加宴会的时候，请别忘了我，你对我的想念会使你向别人描述我的爱恋和向往，这会使你的言语更加意味深长而又含蓄隽永。爱恋和向往，亲爱的阿米恩，是我们做事的始终。

给你写了这几行，我感到自己就像一个孩子，用贝壳把海水舀到自己掘的小沙坑里去。可是，你没看出这些字里行间有什么秘密要问吗？它们都是用灵魂的手指和心灵的墨水写在爱的面庞上，高挂在大地和繁星之间，盘旋在东西方之间的。

代我向你那令我敬仰和崇拜的父亲以及品格高尚的母亲问好——你的母亲给阿拉伯世界树立了一个强有力的榜样，赐给了黎巴嫩一支熊熊的火炬，使纪伯伦拥有一个至亲至爱的兄弟。请友好地把我的祝福带给你的兄弟、邻居和崇拜者，就像黎巴嫩轻快的和风将花蕊点缀在尼撒月的苹果树上。

马利亚娜在大洋彼岸为你祝福，祝你身体健康。我的亲戚梅尔汉姆和他的女儿查茜请我向你转达问候。我们大家那十分想念你，希望见到你，我的好兄弟。

纪伯伦

※ 致拉克里·纪伯伦书 ※

（1910 年 9 月 27 日，法国巴黎）

我亲爱的拉克里兄弟：

当年，在阴冷的日子里，雪花在户外飘洒，寒风在房屋四周呼啸，我们围坐在火炉前，津津有味地听故事。那些故事，你还记得吗？你还记得那些果实缀满树梢的花园的故事吗？你是否还记得故事的结尾？最后，那一株株被施了魔法的树都变成了一个个年轻人，他们的命运与花园紧紧地连在一起。这些故事，我深信你还记得，即便你不知道，纪伯伦就像那些被魔法缠身的年轻人一样，我的命运也与那些无形的链条连在一起，为那些无形的力量所操纵。

我亲爱的拉克里，我就是一棵被施了魔法的树，可阿拉丁还没有从七大洋后面出来，给我打开枷锁，松开魔结，让我得到自由和独立。

下月 14 日，我将离开巴黎。现在，我正忙于安排工作，计划未来。我就像一只纺锤，从早转到晚，只有上帝才会知道我是在怎样奔忙。天堂就是这样指引我生活的，命运就是这样使我绕着一个我无法脱离的定点转动的。

你的信今天早上刚刚送到我手中。从那时起，我就思如潮涌，不知道干些什么才好。你相信你的思念和情感能帮助我吗？你能看穿我的内心深处，并且洞察到上帝给予它的苦难吗？我告诉你，我是一个时间和境遇的囚徒。我只企求你的同情、信任和信念。我并非哀叹自己不走运，因为我宁愿成为我自己。我拒绝将我的困境同别人交换，因为我在选择文学这条道路时，就已经意识到了其中的艰难险阻，以及围绕着它的痛苦和磨难。

稍微思考一下，我亲爱的拉克里，想一想纪伯伦的一生吧，因为它向你展示了一种抗争和奋斗。这是辛酸和沮丧环环紧扣连成的链条。我之所以对你讲述这一切，是因为我能够忍耐和感激生活中存在的艰辛，是因为我希望能够克服这些障碍。假如没有灾难，也不会有工作和奋斗，人的一生就会没有朝气，变得庸庸碌碌，毫无建树。

纪伯伦

※ 致优素福·荷威克书 ※

（1911 年，波士顿）

哈里勒·纪伯伦与黎巴嫩艺术家优素福·荷威克的友谊，是他们同在巴黎学习艺术时建立的。纪伯伦是荷威克形影不离的好朋友，他们一起去听歌剧，看演出，参观博物馆和美术馆，游览风景区。

荷威克对纪伯伦十分推崇，花了几个月时间为纪伯伦画了一幅油画肖像以赠，以示自己对这位黎巴嫩先知的崇敬。

在这个城市里，尽管我有不少朋友和熟人，但我觉得自己就像被流放到一片偏远的土地上。这里，生活就像冰雪一样寒冷，像死灰一样惨淡，像斯芬克斯一样沉默不语。

我妹妹紧挨在我身旁。无论我到哪里，至爱的亲人总是簇拥着我，每时每刻都有客人拜访，但我并不快活。我的工作进展很快，思绪平静无波，身体安然无恙，但我仍然缺乏幸福。我的灵魂又饥又渴，呼唤某种营养品，但不知去何处寻觅。灵魂是来自天国的鲜花，不能生活在阴影里，而荆棘却无处不可蔓延。

这就是那些深受艺术之病折磨的东方人的生活。这就是阿波罗后代的生活：他们被流放到异国，工作在他乡，步履缓慢，大笑如同号哭。

你怎么样，优素福？生活在那些每天都能在道路两旁看到的人间幽灵之中，你幸福吗？

纪伯伦

※ 梅·依安黛致纪伯伦书 ※

（1912年5月12日，埃及开罗）

在用阿拉伯语写的《梅与纪伯伦》一书的前言里，查米尔·扎布埃写道："一对男女既不相知也不相识，仅仅靠通信就坠入爱河，这在常人是很难想象的。然而，艺术家自有他们自己理解的独特的生活方式。黎巴嫩著名女作家梅·依安黛与纪伯伦的恋爱就是一例。

"哈里勒·纪伯伦与梅·依安黛之间的文学与爱情关系不是一个神话或假设，而是一个已证明的事实，这在梅·依安黛出版的书信集中已向公众披露，这本书信集出版于纪伯伦去世之后。"

当《折断的翅膀》首次用阿拉伯语出版时，纪伯伦送了一本给梅·依安黛，请她批评指正。根据他的要求，梅给他写了下面这封信。

……纪伯伦，在婚姻这个话题上，我的观点与你不尽相同。我尊重你的想法，敬仰你的观点，因为我知道，在维护自己达到高尚目的的原则上，你是正直和真诚的。我完全赞同你主张妇女自由的基本原则。妇女应该像男人一样，能够按照自己的好恶，自由地而不是靠邻居和熟人的指导与帮助来选择自己的配偶。在择定了自己的生活伴侣之后，妇女应该全身心地投入已经开始的伴侣关系的责任之中。你把这些当作岁月编制的沉重的锁链。是的，我同意你的观点，的确是沉重的锁链；不过，请别忘了，这些锁链是大自然制造的，它使妇女成为今天这个样子。尽管人们的心智已经足以摧毁习惯和传统的锁链，但还没能达到足以打碎自然锁链的程度，因为自然法则高于一切法则。何以一个已婚妇女不能与她钟爱的人秘密相会？因为那样做，她会背叛她的丈夫，玷辱她企求的清白，降低自己在社会中的地位，而她自己正是这社会中的一员。

结婚时，妇女发誓对丈夫忠贞不渝，这种精神上的忠贞与肉体上的忠贞同等重要。在婚后生活中，她也宣称并保证丈夫的幸福和健康。当她与另一个男人私会时，她就已经为自己对社会、家庭和责任的背叛而深感愧疚了。你也许会反驳说："责任是个含混不清的词语，在许多情况下都难以下定义。"这样，为了探讨家庭成员的责任，我们需要知道"什么是家庭"。妇女在家庭中扮演的角色最艰难、最低贱和最苦涩。

我自己可以感受到那捆绑在妇女身上的绳索所造成的阵痛——那些纤细精致的丝线就像蜘蛛网，但它们都像金线一样坚不可摧。即便每一个妇女都像萨勒玛·克拉玛[①]——你的小说中的女主角——那样，富有情感和才智，秘密地与一个品德高尚的诚实的男人相会，难道就能饶恕一个妇女为自己选择秘密相会朋友而不是丈夫吗？这是行不通的，即使他们秘密相会的目的是为了一同在十字架的神龛前祈祷。

梅

※ 致萨勒姆·萨基斯书 ※

（1912 年 10 月 6 日，纽约）

萨基斯·艾凡提是纪伯伦的好友，也是黎巴嫩文人儒士一致推崇的学者。他拥有一家出版社和一份阿拉伯语日报《机关报》。1912 年，一个由许多文学大师组成的、旨在促进阿拉伯团结并传播阿拉伯文化的组织“阿拉伯进步联盟”决定，给黎巴嫩的伟大诗人哈里勒·艾凡提·穆吐颁奖。这位诗人几年后成了埃及和叙利亚的桂冠诗人。

萨基斯是颁奖委员会的负责人，他邀请居住在纽约的朋友纪伯伦出席在贝鲁特举行的颁奖仪式。

① 纪伯伦小说《折断的翅膀》中美丽的贝鲁特女孩。

可纪伯伦未能成行，于是，他寄了一首散文诗给萨基斯，要求当着诗人的面在授奖仪式上宣读。诗题为“来自贝勒贝克的诗人”，本书没有收录。在这首赞美诗中，纪伯伦把阿拉伯国家的这位桂冠诗人描绘成一个王子，坐在金碧辉煌的宝座上，接见来自东方的贤人。纪伯伦在诗中表达了自己的信念：高贵的诗人是伟大灵魂的转世。

亲爱的萨基斯·艾凡提：

我要寄给你一个故事来赠给诗人哈里勒·艾凡提·穆吐，它是在神奇的缪斯暗示下写成的。你知道，这个故事与那位非凡王子和杰出诗人的尊贵相比，是多么相形见绌。不过，同那些出自倾向于简洁精巧的诗人和作家之手的作品相比（尤其是他们写来赠给诗人的作品），这故事又显得长了。但是，当缪斯赐我灵感写出无需铺陈的主题时，我又能怎样呢?

请接受我真诚的谢意，感谢你邀请我参加给一位伟大诗人的授奖仪式。这位诗人将他的灵魂像美酒一样倾注在“阿拉伯进步联盟”的杯中，将自己的心灵像沉香木那样在埃及和叙利亚两国点燃，以系紧两国友谊和感情的纽带。

衷心地祝福你幸福平安，并致以我的尊重和崇敬。

纪伯伦

※ 致阿米恩·格艾伯书 ※

（1913 年 2 月 18 日，波士顿）

阿米恩兄弟：

这是你在这个国家时，我对你说的最后几句话。它们从内心最深处流出，混合着神往的低叹和希望的微笑。

愿你每时每刻、分分秒秒都健康。你无论在什么地方看到美好的事物，都要尽情地欣赏，让记忆和回声深深地留在心底，直到你回到朋友和为你祝福的人们之中。你在埃及、叙利亚、黎巴嫩请与《迁士》的忠实读者相会，告诉他们国外的移民兄弟的事迹，向他们展现被距离所阻隔的一切，接通彼此之间的心灵，系紧那联结彼此灵魂的纽带。

清晨散步，站在黎巴嫩的山巅上，沉思地看着太阳升起，金色的霞光洒在山村和峡谷。让这些美如天国的画面铭刻在你的心里吧，这样，你回来时，我们就可以分享你的快乐。请温柔地替我们传达对年轻的黎巴嫩的心驰神往之情。告诉叙利亚的父老，告诉他们，我们的思念、情感和梦想只有在飞向他们的时候，才会离开我们的心灵和灵魂。当你的小船抵达贝鲁特，你站在船头翘首眺望桑宁山和米扎布山脉的时候，请向我们长眠在地下的列祖列宗礼拜，向在土地上耕耘的父兄致意。请提起我们的作品，并在私下谈话和公众聚会上讨论。告诉他们，我们今天正忙于在美国耕种，以便将来有一天能在黎巴嫩收获。只要你觉得幸福，说你该说的话，做你该做的事，因为你的幸福是每一个在美国的黎巴嫩人的真诚愿望。

马利亚娜同你握手，并祝你幸福。请代我向埃及、叙利亚、黎巴嫩《迂士》的热心读者问好。兴许我的名字一到他们耳边就会变成悦耳的乐曲。再见，阿米恩，再见，噢，我的好兄弟。

纪伯伦

※ 致梅·依安黛书 ※

（无日期）

纪伯伦每出版一本书，总要送一本给梅，请她批评指正。《行列圣歌》和《疯人》出版时，梅在埃及的一份杂志《新月》上给予了很高的评价，并且为此写了一封信给纪伯伦。信中，她讨论了这两本书。纪伯伦给她写了回信，感谢她的指正，赞扬了她的聪颖、渊博和直言不讳。同时，他试图使自己接受尼采的观点，否定了自己充满激情地写在《疯人》中的某些观点。

亲爱的梅：

……总而言之，那个疯人不是我。我试图借我所塑造的人物之口来表达情感，并不代表我自己的情感。我用来表现疯人欲望的语言与我用来同自己所尊敬和热爱的朋友促膝长谈的语言，是不同的。如果你真的想在我的作品中找寻我的真实用意，你为何不去看看田野中的年轻人，听听他那笛子里飘出的悦耳旋律，而去关注疯人和他那惨痛的哭号呢？你会明白，疯人只不过是金属锁链上的一环。我并不否认，疯人只不过是生锈的铁链上未曾擦拭过的一环。但这并不意味着整个铁链都生锈。每一个灵魂都是一个季节，梅。灵魂的冬天不像她的春天，灵魂的夏天也不像她的秋天……

接着，纪伯伦继续谈论他的《泪与笑》一书。梅曾批评过书中的对话，并质问作者，是何原因促使他写出这样一本幼稚的作品。对此，纪伯伦勇敢地作答：

……现在，让我们来讨论一下《泪与笑》。我并不害怕地告诉你，这本书完成于世界大战之前。那时，我曾给你寄去过一本，但不知你是否收到。《泪与笑》中的文章本是我16年前给《迁士》写的连载散文。是奈什伯·埃雅达（愿安拉饶恕他）收集这些文章，他在此基础上又加了我在巴黎写的文章，编成一本集子出版。在写作《泪与笑》之前，我在儿童和青年时代就写了许多散文和诗歌，不过，我未曾而且也不会将它们出版，我不会犯这个错误。

纪伯伦

※ 致米哈尔·奈美书 ※

（1919 年 9 月 14 日，纽约）

哈里勒·纪伯伦这个名字，无论过去还是现在，都是黎巴嫩人和其他讲阿拉伯语的人们倍加珍爱的。今天，米哈尔·奈美这个名字对于黎巴嫩每个儿女来说，也同样难以忘怀。

奈美是黎巴嫩及中东的文学领袖，他隐居在黎巴嫩桑宁山附近的故乡比斯金塔。早在纽约期间，奈美与纪伯伦就是形影不离的好友，纪伯伦经常向奈美倾吐自己的烦恼，倾诉心中的秘密。即使纪伯伦临终前躺在床上，他也把奈美找来。住院期间，奈美一直守候在他的病床旁，直到他咽下最后一口气。

米哈尔·奈美生于黎巴嫩的比斯金塔，早年

就读于一所由帝俄巴勒斯坦协会开办的教会学校。1906年，他获得一份去乌克兰波尔塔法学院学习的奖学金。在那里，他博览群书，学习俄罗斯语言，并用俄语写了一些让世人倾慕的诗歌和文章。1916年，奈美获得了华盛顿大学的两个学位。大学期间，他就用阿拉伯语写作并发表了许多评论文章和故事。1916年，他决定加入由阿拉伯著名作家阿米恩·瑞汉尼、哈里勒·纪伯伦、奈什伯·埃瑞达以及其他作家在纽约组成的笔会，笔会成了他笔耕的园地。

第一次世界大战中，他为盟军作战。1919年，他光荣退伍后，重操文学旧业。1932年，在他最负盛名的时候，他决定回到黎巴嫩。

他发表的作品有：通俗剧本《两代人》，一组评论散文《筛子》，解决内心活动和外界生活的《舞台》，短篇小说集《很久很久以前》，著名演说《朝圣之食》，哲理诗《心之低语》，小说《邂逅》，哲学沉思《打谷场》和《光明与黑暗》，刻画自己古怪个性的《回忆那张麻脸》，谚语和寓言集《路边的葡萄园》，剖析性散文《当今的偶像》，对生活进行沉思和反省的《世界之声》，为那些寻找精神解脱的人们写的《蒙岱的书》。

在这封信里，哈里勒·纪伯伦有时称米哈尔·奈美为“亲爱的米夏”——这是米哈尔的昵称。纪伯伦在信中提到的一次长途旅行是他去波士顿看望住在那儿的马利亚娜的惯常旅行。他在信中还提到了《艺术》，这是纪伯伦创办的一份刊物，但存在的时间不长。

亲爱的米哈尔：

愿上帝保佑你平安无事。我旅行回来，遇到了我们的奈什伯兄弟，同他讨论了关于振兴《艺术》的事，谈了挽救它前途的办法和途径。就这个问题，我与波士顿和纽约许多学识渊博以及受教育程度不高的人进行了会晤，但我们都停在了某一点上。这个点就是：他们都认为奈什伯·埃瑞达不能单独挑大梁。米哈尔·奈美就有必要在纽约的商人和文人插手之前回到纽约，协助奈什伯开展工作。两人齐心协力，叙利亚人民就可以获得自信心，一夫不能当关。我们想在纽约的这份刊物里加进一些娱乐性的内容，这样杂志就可以获利。不过，要是那个可以吸引宣传者和音乐家的人在华盛顿的话，这又怎能成功？应该组成一个委员会着手此项工作。那些在其他州的叙利亚人会自己问自己许多问题，然后又循环论证式地回答。应该让他们知道有个保障。但是，能够胜任组织这个委员会的，除了米哈尔·奈美还有何人？

米哈尔，每次咱们俩讨论《艺术》这个话题，总有许多事情需要你去着手了结。如果你也有复兴这份杂志的愿望，应该到纽约来，推动每一举措的实施。奈什伯现已无能为力。在纽约的《艺术》的所有崇拜者和爱戴者之中，也无人能揽下这个责任。我相信，五千美元就足以保证这份杂志的前程了。我设想，一份众人争相传阅的杂志，如果没有娱乐性内容，那么，收益将下降一半。简而言之，这项计划的成功就依仗你在纽约露面了。如果你认为回到纽约对你来说是一种牺牲，那么这种牺牲也是值得的，因为这是为了更重要的事情。在我看来，你生命中的最珍重的事情就是使你的梦想成真，最重要的事情就是收获你的才干的果实。

方便时请来信，愿上帝为了你的兄弟纪伯伦而保佑你。

纪伯伦

※ 致艾米尔·泽代书 ※

（1919 年）

艾米尔·泽代是一位著名学者，他的作品在阿拉伯语国家的文学领域享有盛誉。作为一个黎巴嫩人，作为埃及最好的刊物《新月》的拥有者和编辑，他仰慕纪伯伦的才华，并且视他为天才。纪伯伦在

《新月》月刊上写了不少文章。正是通过这份刊物以及其他杂志，纪伯伦才声誉鹊起，成为知名的诗人、艺术家和哲学家。

在下面这封给友人泽代的信中，纪伯伦谈及由于环境逼迫，他对医生要求他每天工作不能超过五小时的命令置若罔闻，每天不得不工作十小时。纪伯伦此时正在进行几项工作，这些工作每天要花费他大量的精力。他对友人说，没有比一个虚弱的身体里有一颗顽强的灵魂更让人为难的事了。

我的艾米尔兄弟：

……我的身体比以前好多了。但它仍像一把断了弦的小提琴，已经失却了往日的生气。最折磨我的是，环境把我放在一个每天需要我工作十小时的位置，而医生却又禁止我每天写作和作画超过四五个小时。虚弱的身体里有颗顽强的灵魂，是件再为难人不过的事了。我觉得——这并非自谦——我这才刚刚踏上登山的路途。我写写画画度过的二十年，只不过是一个准备和欲求的阶段。直到现在，我还没有做出任何能在太阳之下保存下来的事。我的观点还不尽成熟，我的网依然浸没在水下。

纪伯伦

※ 致米哈尔·奈美书 ※

（1920 年，波士顿）

在这封信里，纪伯伦提到了他的两个朋友：埃达尔·玛夏和奈什伯·埃瑞达。前者是一份在纽约出版的阿拉伯报纸《旅行者》的拥有者和编辑，后者是另一份也在纽约出版的《人物》月刊的拥有者和著名编辑，两人都是“笔会”成员。“笔会”是一个规模不大的文学团体，成员限于 10 到 13 个，成立于纽约，纪伯伦任主席，米哈尔·奈美为秘书。笔会的其他成员有：卡兹弗里斯（纪伯伦的密友，阿拉伯思想界和文学界颇有造诣的散文家），阿尤布，哈威，瑞汉尼，阿布·马代，奈德拉，艾卡因，巴哈特，哈德拉。这些来自叙利亚和黎巴嫩的先驱，对诗歌和文学做出了极有价值的贡献。纪伯伦是这些现已故去的人士中最先去世的。“笔会”给现代阿拉伯文学带来了真正的繁荣和复兴。阿拉伯有许多著作探讨过这一点，将来也还会有更多的著作讨论“笔会”对阿拉伯文学的深远影响。

我的米哈尔兄弟：

愿你，愿你广博的内心和纯洁的灵魂得到安详和宁静。我迫切想知道你现在一切可好，想知道你现在何处。是在梦境中的森林里漫游，还是在思绪的丘陵和山坡上遐想？抑或你正站在一个山巅，所有梦想都聚成愿景，一切思索都凝成雄心？告诉我你在何方，米哈尔。

至于我，身体正处于我那令人讨厌的健康状况与人们的祝愿之间，好似巨人手中的乐器——虽说走调，却还可以演奏缺乏和声的乐曲。米哈尔，愿上帝助我一臂之力，来应付那些美国佬。愿上帝带咱们俩远离他们，回到黎巴嫩宁静的山谷。

我刚刚寄了一篇文章给埃达尔·玛夏去发表，篇幅不长。兄弟，替我去看一下。如不适合发表，请转告埃达尔·玛夏把我的文章放在隐蔽的角落里，直到我回来。

此文从深夜写到拂晓，匆匆而就。我不知写得好不好。不过，文章的基本观点与我们那天晚上聚会时讨论的题材无甚出入。告诉我，奈什伯近来怎样？他在哪里？每当我想到你和他，我总是感到出奇的温馨、平和与宁静，我对自己说："太阳下的一切都是真实的。"

遥寄你万千真诚的问候与祝福。愿上帝保佑你，庇护你，为你的兄弟纪伯伦而保护你。

纪伯伦

※ 致米哈尔·奈美书 ※

（1920 年，波士顿）

1920 年，纪伯伦出版了《风暴》一书。该书用阿拉伯语写成，奈美率先写了一篇文章赞扬作者，赞扬书中的上乘佳作。

米哈尔兄弟：

我适才读完了你评论《风暴》的文章。米哈尔，我该对你说些什么呢？

你在你的眼睛与我的书页之间放了一个放大镜，使它们显得比原来大。这使我十分惭愧。你在文章里对我寄予了极大的期望，我能不辜负你的期望吗？你在我身上看到了美好的愿景，我能证明一二吗？我觉得，你在写作这篇美妙的文章时，是在预见我的未来，而不是回顾我的过去。因为我的过去是一团散线，尚未编织起来；我的过去是一堆大小不等、形状各异的石头，并没砌起来。我知道，你是在用一种希望的眼光，而不是挑剔的眼光看待我。这更使我十分悔恨过去，同时，内心对未来又充满热望。如果这就是你想为我做的事，那么你已经成功了，米哈尔。

我很喜欢“笔会”所赠的信笺，不过，那句座右铭“对上帝来说，荆棘下面有无数宝藏”，应该印得再显著一些。如果我们意欲取得预期的效果，那么，把负责人和成员的名字印上去也十分必要。要不，每个收到“笔会”来信的人都会纳闷：哪些人是笔会的成员呢？话说回来，我倾向于用最小的阿拉伯字模印上成员的名字。

米哈尔，我十分抱歉，下一周的前半周我无法回到纽约，因为在这个令人憎恶的城市里有些重要事情缠得我脱不开身。你们都去米尔福德，给杯中注入满满的精神活力与盈盈的葡萄酒，但别忘了，你的善良的兄弟正渴望见到你。

纪伯伦

※ 致米哈尔·奈美书 ※

（1920 年 10 月 8 日，纽约）

下面这封信中，纪伯伦提到了他与“笔会”其他成员在拉希德·阿尤布家举行的聚会。他们计划出版一本《笔会选集》，这本选集包括“笔会”的历史，以及“笔会”成员写的故事、散文和诗歌。

纪伯伦推荐了《不毛之地》和《回忆那张麻脸》。这两篇文章都是米哈尔·奈美的手稿，他曾请求纪伯伦向奈什伯·埃瑞达打听这两篇文章的下落。

亲爱的米哈尔：

每当我想起你像海员那样为商业公司在国内奔忙，我就心疼。我知道，这种痛苦是旧哲学的残渣。今天，我相信生活，相信它带给我们的一切。我肯定，所有的日子带来的都是善良、美好和实用。

昨晚，我们相聚在拉希德家。我们一起饮酒欢宴，欣赏歌曲和诗歌。但我们的晚会总有那么一点遗憾，因为你没能同我们在一起。

《笔会选集》的资料业已收集完毕，最起码在精神上！已经全部编排好了，当然这只是在文字上。每当我向我们的任何一位兄弟要稿子，他们总是回答我“过两天”，或“这个周末”，或“下星期”。这种东方式的拖延哲学，几乎把我呛死。还有一件奇怪的事情，米夏，有人认为卖弄风情是聪颖的一种表现。

我已经让埃达尔·玛夏请奈什伯去找一下《不毛之地》和《回忆那张麻脸》。他答应去找一找，上帝保佑！

我很高兴地获悉，你回来的时间不会推迟，也许我不该高兴。想回来就回来吧，米夏。你会发现我们还是你所希望的那样。

愿上帝庇护你，为你的兄弟纪伯伦而保佑你。

纪伯伦

※ 致米哈尔·奈美书 ※

（1920 年 5 月 24 日，波士顿）

亲爱的米哈尔：

愿上帝给你善良的灵魂和宽广的心胸以无尽的宁静。“笔会”将于明天（星期三）晚上举行正式会议。很遗憾，那时我离你们很远。若不是因为星期二晚上要发表演说，出于对“笔会”的爱，我会赶回纽约的。如果你认为演讲是一个合法的借口，那我将十分感激你的宽容和体谅。否则，你就会发现我将十分乐意支付五美元的罚金。

这个城市过去曾被称作科学与艺术之城，而今天却成了个传统的城市。市民的灵魂僵化发硬，思想陈腐过时。米哈尔，这个城市的怪事是那些僵化的灵魂总是不可一世和自诩不凡，那些拘泥僵化的思想也高高地扬着下巴。每次与哈佛大学教授面对面地交谈时，我总觉得自己是在与爱资哈尔大学[①]的老学究交谈。

我曾与波士顿的女士们交谈过几次，她们的谈吐与我过去听到的那些愚昧无知、头脑简单的叙利亚老妪无甚差别。

---

① 历史学家认为爱资哈尔大学是世界上最古老的一所大学，其教授以因袭古人而出名。

米哈尔，一样的生活，黎巴嫩的乡村生活与波士顿、纽约以及旧金山的都市生活又有何不同呢？

代我向“笔会”的兄弟和同仁们问好。上帝保佑你仍是我的好兄弟。

纪伯伦

※ 致米哈尔·奈美书 ※

（1920年，纽约）

纪伯伦在文中曾多处提及他在纽约的画室，称之为“隐居地”。在这封信中，他谈起了与奈什伯·埃瑞达和埃达尔·玛夏在那儿的会面。

我亲爱的米夏：

早安，你这颗游荡于天地之间的灵魂！我听到你的声音在市场和广场上召唤人们关注你的“货物”。我听见你声调柔和地说：“多好的斜纹棉布，多好的细薄棉布啊。”米夏，我喜爱你这令人慰藉的声音。我知道，要是天使听见了你的声音，他们准会把它录在《圣经》里。我很高兴听到你取得成功的消息。然而，我又害怕这份成功！我害怕它会引你走入利欲熏心的商业世界。一个人如果钻进那个世界，他就会发现，重返我们这个世界是何其之难！

今晚，我将与奈什伯和埃达尔·玛夏在我的隐居地聚会，讨论《选集》问题。多希望你能同我们在一起。

目前，我有许多事情要做。我就像花园里的一只生病的蜜蜂。花蜜丰富，阳光灿烂，照耀花丛。

为我祈祷吧，愿上帝保佑你永远做我的好兄弟。

纪伯伦

※ 致米哈尔·奈美书 ※

（1920 年，纽约）

亲爱的米夏：

我们非常想念你，尽管你很少同我们说“再见”。如果你离开我们三个星期，我们会发生些什么呢？

《选集》由什么组成？它好似由拖延和犹豫环环相扣构成的链条。每次当我向奈什伯和埃达尔·玛夏提起《选集》时，前者回答我“明天吧”，后者说“你是对的”。无论如何推迟和拖延，《选集》要在年底编出来，上帝保佑！

当你认为没有更好的事情要做的时候，请给我写信。如果你的新诗已经写完，请寄一份给我。你还没有给我寄来你的《噢，司酒官》一诗的稿子呢！愿上帝宽恕你。愿你的梦想皆成真，你永远是我的好兄弟。

纪伯伦

※ 致梅·依安黛书 ※

（1920 年 11 月 1 日）

亲爱的梅：

灵魂对生活中的一切都视而不见，除了灵魂自身所隐藏的。它什么都不相信，只相信自己的秘密。当它经历了一些什么之后，此事的结局便会成为灵魂的一部分。去年，我经历了一件事情。我本想把它当成秘密，却没有那么做。事实上，我将它透露给了一位友人。在我极需要与别人讲知心话的时候，我总是向她倾诉自己心中的秘密。你知道她告诉我些什么吗？她不假思索地脱口而出："这是首美妙的歌。"试想，有人告诉怀抱婴儿的母亲，说她抱着的是木头雕像，这该怎么回答呢？对此，母亲又会怎么想呢？

好几个月过去了，而那句话（"一首美妙的歌"）却始终在我耳边萦绕，但我的朋友并不满意她对我所说的话，而是继续观察我，责备我所说的每一句话，继续对我隐瞒。每当我试图抚摸她的时候，她就用钉子扎我的手。终于，我绝望了。但是，梅，沮丧是心潮的退落，它是一种无言的感情。

基于这种原因，我坐在你的面前，一动不动，看着你的面庞，一言不发，也不给你写信，因为我在心里说：我没有机会。

每个冬天的怀抱里都会有春天的悸动，每个夜晚的面纱后面都会有微笑的黎明。现在，我的绝望变成了希望。

纪伯伦

※ 致梅·依安黛书 ※

（1920 年）

有一次，梅问纪伯伦，他怎样写作，怎样进餐，怎样度过日常生活的每一天等等。她还询问了他的住所、办公室，以及他干的每一件事情。在下面这封信里，纪伯伦回答了她的一些问题。

……梅，你的问题是多么甜蜜！我很乐意回答。今天是抽烟的日子，从早晨到现在，我抽了无数支香烟。抽烟对我来说是一种乐趣，而不是习惯。我有时候会一个星期一根烟也不抽。我说我抽了无数支烟。这全是你的错，应该怪你。假如是我独自一个人在这山谷里，我永远也不会回去……

至于我今天穿什么衣服嘛，同时穿两套是司空见惯的。一套是织工织成、裁缝裁成的，另一套是血肉和骨头做成的。不过，今天我只穿了一件又宽又长的长袍，上面溅满了各种颜色的墨水。这件长袍与苦行僧穿的没什么两样，只不过比他们的干净一些罢了。如果我回到东方，别的我什么都不穿，只穿老式的东方服饰。

……至于我的办公室，仍然没有天花板，也没有墙。但是，沙的海与天的海却一如既往，一浪接一浪，淹没了沙滩。我划着没有桅杆的小船，在海洋里漂移。你能为我的小船提供桅杆吗？

《接近上帝》一书，目前还只是空中楼阁，它最精美的插图在《先驱》中，我已在两星期前寄了一份给你。

在回答了她的一些问题之后，纪伯伦开始抽象地描绘自己。

我该怎样告诉你上帝在两个女人之间俘虏到一个男人的故事呢？一个使他从沉睡中惊醒，另一个使他由清醒变为沉睡。我又该如何告诉你那个被上帝置于两盏灯之间的男人呢？他是郁郁寡欢还是幸福快乐？他在这世界上是个陌生人吗？我不知道。但我想问一下，你愿意这男人仍是陌生人，独自一人讲着在这茫茫宇宙中无人能懂的语言吗？我不知道。但我想问你是否愿意用这个男人所讲的语言与他交谈，这种语言没人比你更明了。在这个世界上，有许多人不懂我心灵的语言，也有许多人不理解你心灵的语言。梅，我就是这样一个人：生活赐给我许多朋友，也赐给我许多衷心为我祝福的人。但是请告诉我，在这些挚友当中，我们能对谁说“请为我们背一天十字架吧”？有谁知道，在我们的歌声之后，还有一首既不能用声音唱出也不能用颤抖的琴弦奏出的歌呢？谁能看穿我们欢乐中的忧伤、忧伤中的欢乐呢？

……梅，你还记得你告诉我的那个布宜诺斯艾利斯的记者的事吗？他写信给你，向你索要所有新闻记者都想要的你的照片。我曾经不止一次地回想起那个记者的要求，但每次我都对自己说：“我不是新闻记者，我不能提出和他们一样的要求。是的，我不是新闻记者。如果我是一家报纸或一份刊物的拥有者或主编，那我就可以坦率不讳、直截了当、毫无顾忌地问她要一张照片。是的，我不是记者，我该怎么办呢？”

纪伯伦

※ 致米哈尔·奈美书 ※

（1921 年 1 月 1 日，波士顿）

《旅行者》是“笔会”成员埃达尔·玛夏拥有并主编的一份阿拉伯语报纸。是年，他正准备出版一个专号。因而，他请纪伯伦以及“笔会”的其他成员赐稿，他们都照办了。

同年，纪伯伦写了一篇文章，题为“那失去的”，寄给他的朋友艾米尔·泽代，让他将此文发表于一份在埃及办的杂志《新月》上。本书的英文译者未能找到纪伯伦提到的那篇文章。纪伯伦还提到了索勒姆·莫卡扎尔。那时，他是纽约一家出版公司的老板，出版英语刊物《叙利亚世界》。

亲爱的米夏：

早上好！新年好！愿上帝用累累的葡萄缀满你茂盛的青藤，让你的柜子装满小麦，让你的大缸里盛满食油、蜂蜜和甜酒；愿上帝把你的手放在生命之心上，让你感受生命之心的跳动。

这是新年里我给你写的第一封信。要是我在纽约，我会邀请你到我那宁静的隐居地度过一个美好的夜晚。但是，我离纽约是多么遥远，我的隐居地离我又是多么遥远！

你好吗？你的写诗撰文进行得如何？你在想些什么？《旅游者》的专号出来了吗？抑或它仍在等待那些常与我们的愿望相反的机器运转？那些机器，当我们希望它们转动得快些时，它们却慢下来，当我们希望它们慢下来时，它们却飞转起来。西方就是这样一架庞大的机器，其中的一切都任由机器操纵摆布。是的，米夏，就连你的诗作《荆棘知道吗？》也是受索勒姆·莫卡扎尔的轮子操纵的。上个星期我身体略感不适，所以没写出什么新文章来。但我修改了《那失去的》，作了一些删节，并且寄给了《新月》。

米夏，请转达我向同志们的爱和深情的问候。愿上帝保佑你永远是我的好兄弟。

纪伯伦

※ 致米哈尔·奈美书 ※

（1921 年，波士顿）

米夏兄弟：

我看完了“笔会”的最近一期刊物，并且浏览了以前的几期，深信我们与他们之间横隔着一条深不见底的鸿沟。我们不能走向他们，他们也不会走近我们。米哈尔，无论我们作何努力，都不能把他们从辞藻华丽、华而不实的文风中拯救出来。灵魂的自由发自内心，而不是自外而内。你比任何人都懂得这个真谛。

别试图去唤醒那些上帝出于某种天机而使之心灵沉睡的人们。做你愿意为他们做的任何事情，给他们你喜欢给的任何东西，但是别忘记你应该给我们“笔会”的面庞罩上一层怀疑和猜测的面纱。如果说我们具有什么能力的话，那么这能力就在于我们的团结一致，孤军奋战。如果我们必须与人合作共事，那就要与同我们观点一致的人平等合作。

……所以，你正处于疯狂的边缘。这是一个相当不错的消息，恐惧之中有高贵，高贵和美丽之中有恐惧。我以为，疯狂是迈向无私的第一步。发疯吧，米夏。发疯吧，告诉我们，在“神智健全”的面纱后面是什么。生命的本意就是带领我们接近那些秘密，发疯是唯一的方法。发疯吧，永远做你疯兄弟纪伯伦的疯兄弟。

纪伯伦

※ 致米哈尔·奈美书 ※

（1921 年，波士顿）

亲爱的米夏：

这里有一封艾米尔·泽代写来的措辞优雅的信，仔细看一看，像你往常那样尽你理解之能事，去揣摩这封信吧。高温袭击着这个城市及其市郊。你又在忙些什么呢？

米夏，在我心里总有一些阴影和幻象在逡巡和行走。它们像雾一般越散越大，我却无法用言语描述其形状。也许我将保持沉默，让我这颗心回复到一年之前的状态吧，那样会好一些。沉默也许对我更合适，但对于一个健谈的人来说，保持心灵的沉默是多么困难和痛苦啊！

寄予你以及我们亲爱的兄弟们以万千祝福。愿你永远是我的好兄弟。

纪伯伦

※ 致米哈尔·奈美书 ※

（1921 年，波士顿）

在这封信里，纪伯伦提到了贝鲁特的一份最重要的阿拉伯语报纸《闪电》。贝夏拉·埃尔－库雷是该报的主编和拥有者。他是纪伯伦忠实的崇拜者，把报纸的许多栏目都辟为纪伯伦的专栏。纪伯伦还“要挟”友人奈美说，如果他（奈美）不把他们在卡红尼拍的照片寄给他，他就要起诉了，一是在友谊的法庭上，二是在贾扎尔的法庭上。贾扎尔是土耳其的一个君主，因统治叙利亚时的专制而臭名昭著。

亲爱的米哈尔：

愿你平安。附上《内电》的编辑贝夏拉·埃尔－库雷给“笔会”顾问的信。正如你所注意到的，这是一封言简意赅、措辞得体的信，同时也流露出作者内心的隐痛——疼痛是个好迹象。

我们在卡红尼拍的快照到底怎么样了？你知道，我每张都想要。如果我不能获得应有的那一份，我将对你起诉，一个是在友谊的法庭上，一个是在贾扎尔的法庭上。

米夏，代我向我们的弟兄和同志们问好。上帝保佑你永远做纪伯伦的好兄弟。

纪伯伦

※ 致米哈尔·奈美书 ※

（1921 年，波士顿）

威廉·卡兹弗里斯是大家公认的纪伯伦的密友和阿拉伯思想界、文学界颇有造诣的散文家，也是“笔会”的成员之一。

纪伯伦在信中提到的告别宴会是在卡兹弗里斯赴黎巴嫩旅游前为他送行而举办的。纪伯伦也提到了一种阿拉伯特有的菜肴，这是奈什伯·埃瑞达准备的，其中包括肉、蔬菜和调味品。

亲爱的米夏：

给你既不跳动、怜悯、悸动，也不闪烁的心，送上万千祝福。你似乎在嘲笑那些使我的头发变白、使我的诗歌变黑的东西；你责备我写信写得很短，并且对自己只字不提。你开始只是责备，继而竟使用起亵渎神祇的话来了。安拉保佑我！

而我，并未看出你有什么不好。你的黑发浓密地卷伏在额头上，遮住了太阳穴；你的诗文充溢着才华和想象力，你真是完美极了。你好像生来便是你在胚胎里想要的那副模样，你在摇篮里便达成了你的愿望。我们从上帝那儿来，也要回上帝那儿去！

我很遗憾在奈什伯准备丰盛酒宴时我却不在。但是，如果那酒宴不能从一个城市移到另一个城市来摆，我又能有什么办法呢？有的人肚中填满了美味佳肴，有的人即使有上帝的恩赐却依旧饥肠辘辘，一口也捞不到。

我很高兴知道了奈什伯坚持要你为《笔会选集》撰写前言。你已写成的或即将完成的前言，无疑将是“《选集》脖子上的项链，腕子上的手镯”。噢，阿拉伯的兄弟，愿你成为文学皇冠上的明珠，浩瀚夜空里闪亮的星星。

我的身体比上星期好。但在近三个月内，为恢复健康，我得尽量少工作、少思索、少发感慨。你知道，米夏，放弃一件事情要比去做一件事情还难。惯于操劳的人会发现，休息是一种最为残忍的刑罚。

我向威廉·卡兹弗里斯以及敬仰他的人们尽了我的职责，我为他举行了一个告别宴会。我分别给威廉和安顿·塞曼发了电报，告诉他们，我将应邀去纽约参加招待会。

上帝保佑你平安，愿你永远是纪伯伦的好兄弟。

纪伯伦

※ 致米哈尔·奈美书 ※

（1921 年，波士顿）

亲爱的米夏：

早上好，晚上好。愿上帝让你的每个白天都萦绕着欢歌笑语，每个夜晚都赐予你无数的美梦。随信转寄给你一封信和一张支票。令人高兴的是，它们都寄自“笔会”的一个忠实成员。前者你可以用那高雅的趣味和完美的文风回复，后者你可当作许愿的烧香和供奉的香油来接受。希望你这样做，上帝保佑！

你在信中提到，你已叫乔治[1]寄来西班牙的报刊，但我

① 《旅行者》的办事员。

至今没有收到。愿上帝原谅乔治，以我的耐心和自我克制的丝线去弥补他的记忆。兄弟，我想乔治大概把《智利共和国》（一份杂志的名称）扔进字纸篓了。

波士顿的严寒真是可怕。万事万物都被冻住了，包括人们的思想。可是，不管寒风多么凛冽，我身体还是很好。我的声音（或吼叫）就像火山爆发时的轰轰巨响那样洪亮！我踩在地面的脚步如同坠落的陨石砸出的大坑！而我的胃就像一盘磨，下面那扇像把锉子，上面那扇像一条响尾蛇那样不断地发出声响。希望你的声音、你的脚步声还有你的胃，无论何时何地都称心如意。

请代我向弟兄们问好，这问候包含着我的爱、我的祈祷和我的希望。愿你永远是纪伯伦的好兄弟。

纪伯伦

※ 致米哈尔·奈美书 ※

（1921 年，波士顿）

1921 年，医生命令纪伯伦离开纽约，去波士顿同他妹妹马利亚娜住在一起，在家休养一段时间。在去波士顿途中，他只带了准备在同年出版的英语手稿《先知》。到达波士顿时，他病情加重，不得不将此书推迟到1923年出版。1918年，纪伯伦出版了他的第一本英语小说《疯人》，1920年又出版了《先驱》。在这封信里，纪伯伦谈到了这两本书，还有一份名为“第瓦”的阿拉伯文杂志（也可能是报纸）。

米夏兄弟：

一到这个城市，我就四处登门求医，从这个专科医生门下转到那个专科医生门下，马不停蹄地接受一个比一个更详尽的检查。这一切全是因为我的心脏失去了往日的节奏和韵律。米哈尔，你知道，这颗心脏的节奏和韵律与别的心脏从来都没有一致过。但是，偶然之于经常相伴，正如同影子与实体的形影相随。我胸中这颗心肯定应该与苍穹中颤动不定的雾气一样协调——那雾气就是自己，叫作“我”。

别在意，米夏，一切皆是命中注定的。但是，我觉得自己不应该在破晓之前离开通向山峦的陡坡。黎明会给一切罩上一层光亮的辉晕。

我离开纽约时，随身只带了《先知》的手稿和几件衣服。我先前的文稿都还留在那间静寂屋子的角落里。我干些什么才能让你和大马士革“笔会”的人高兴呢？医生命令我抛开一切脑力工作。如果下两个星期灵感前来拜访我，我就会记下那神来之笔，否则，你们就得接受我的这个借口。

我不知何时能回纽约。医生对我说，只有等到健康返回我这儿，我才能回纽约。他们说我必须住到乡间，安安心心地去过一种简单的生活，用不着思索，用不着探讨什么意义，也用不着争论。换句话说，他们想把我变成一株微不足道的植物。出于这样的原因，我看你寄一张没有我在上面的“笔会”照片给大马士革倒是很妥当。或许可以将旧照片拿来，用墨水将我的脸涂掉就行。但是，如果需要的话，纽约“笔会”的全体合影应在大马士革“笔会”之前印出来。你是否介意让奈什伯、埃达尔·玛夏或者你本人（如果可能的话）翻译《疯人》或《先驱》的一部分？这似乎是个愚蠢的建议，但米哈尔，我在这样的困境之中能做些什么呢？自己不能缝制新衣的人只能补旧衣服穿。兄弟，你知道吗，这场病肯定会使我推迟出版《先知》。我将带着浓厚的兴趣拜读你发表在《第瓦》上的文章。我相信此文一定像你以往的一切文章那样，文笔动人。

代我向笔会的同仁问好。告诉他们，即使在雾蒙蒙的夜晚，我对他们的爱也不会比明朗的晴天少。愿上帝保佑你，庇护你，让你永远做纪伯伦的好兄弟。

纪伯伦

※ 致米哈尔·奈美书 ※

（1922 年，波士顿）

纪伯伦曾经不止一次地表达自己对死亡的热爱和向往。尽管他时常希望达到这一目标，但是当他的好友或他认识的某个人逝去时，他又受到沉重的打击。正当纪伯伦在波士顿深受重病的阵痛折磨时，萨巴（纪伯伦和奈美的好友）被死神夺去了生命。纪伯伦一听到这个噩耗，当即给奈美写了此信，表达了他对亡友的伤感。

他还告诉奈美，说他梦想着有一个隐居的地方，一个小小的花园，还有黎巴嫩山谷边一泓清澈的泉水。他厌恶这虚假的文明，向往像优素福·法赫里那样隐居在一个僻静的地方。优素福是纪伯伦《暴风雨》一书中的人物形象，他在 30 岁那年辞别尘世，隐居到黎巴嫩北部坎德夏附近一个偏僻的地方。

亲爱的米夏：

萨巴的死深深地震撼了我。我知道，他已经实现了自己的目标，已经能够抵御我们所抱怨的种种事情了。我也知道，他已经到达了我梦寐以求的地方。我知道一切。但奇怪的是，我知道的一切并不能减轻我的悲伤，这种悲伤有什么意义呢？萨巴有他自己要实现的愿望。他同我们每个人一样，有许许多多的愿望和梦想。在他的希望之花及梦想之树结果之前，他的辞世是不是让我们感到有什么东西在我们心里引起了深沉的悲伤？难道我对他的死讯的悲哀，不是我对青春年华已逝而梦想未能成真那种真切悲哀？难道失去亲人时的悲伤和悔恨是人类自私欲的表现？

米夏，我肯定不能回纽约了。医生一再要求我远离喧嚣的城市。出于这个原因，我在海边租了一间小木屋，过两天就要和妹妹搬去那儿。我在那儿要一直待到我的心脏恢复正常，否则它就会变成上帝旨意的一部分。但是，我希望在夏天结束之前见到你。我不知道何时何地以及如何与你见面，但事情总会安排好的。

你要"抛弃"这个世界的想法和我一样[①]。很久以来，我一直梦想一个僻静的隐居地，一个小小的花园，还有一泓清清的泉水。你还记得优素福·法赫里吗？还记得他隐居的想法和热烈的觉醒吗？还记得他关于文明以及文明人的意见吗？米夏，我说未来会把我们置于黎巴嫩峡谷的边缘。这种虚假的文明使我们的精神紧张到了崩溃的边缘。我们必须在

---

① 那时，奈美正隐居在黎巴嫩的一个小山谷里。

崩溃前离去。但我们得耐心等待离别的到来。米夏，我们必须容忍。

代我向兄弟们问好，告诉他们我爱他们，想见到他们，思念他们。

愿上帝保佑你，米夏，庇护你，愿你永远是纪伯伦的兄弟。

纪伯伦

※ 致米哈尔·奈美书 ※

（1922 年，纽约）

此时，奈什伯已被公认是“笔会”成员。他是诗人，《人物》这份出版于纽约的阿拉伯语月刊的编辑和拥有者。

亲爱的米夏：

晚上好！我有一个好消息要告诉你。那就是，我们的奈什伯仍然同我们在一起，仍在我们中间，也毫无疑问依旧属于我们。他去阿根廷的旅行现已成为古老的传说。

本月最后一个星期三，“笔会”没有举行聚会，原因有二：其一是你不在，其二是没什么事非聚不可。我想，有第一条就足够了，第二条是从第一条引发出来的。

我很高兴听说你星期四回来。米夏，你离开我们太久了。你不在的期间，我们这个圈子变得模模糊糊、朦朦胧胧，没有形式和形状。

我很不满意你说的“愿伊兹瑞尔带走米哈尔”[①]。

在我看来，米哈尔比伊兹瑞尔更强。前者有权力制服后者，而后者对前者却无能为力。名字中包含着深藏的秘密，其象征比我们的想象更明显、更重要。米哈尔一开始就比伊兹瑞尔更强有力，也更严厉。

兄弟，盼望我们能见面，愿上帝保佑你永远是纪伯伦的好兄弟。

纪伯伦

※ 致米哈尔·奈美书 ※

（1922 年，波士顿）

只要稍稍浏览下面这封信，你就会发现纪伯伦要从他的书中选出两篇文章来。第一篇选自《疯人》和《先驱》，第二篇选自《先知》。此信写于 1922 年，

① 愿死神带走米哈尔。

而《先知》是1923年才出版的，因而很明显，第二篇节选自尚未出版的《先知》的手稿。

读者会发现，在巴西的叙利亚人和黎巴嫩人用于给美国总统送礼的钱简直是浪费（译者不知究竟是什么礼物）。在纪伯伦看来，这笔钱应该赠送给“笔会”，用以振兴《艺术》杂志。它是由纪伯伦创办的，但转瞬即逝，没存在多长时间。

亲爱的米夏：

难道说波士顿的气候真是如此怡人，以致我变得懈怠，忘记了纽约和我的同仁，以及我在纽约的工作和责任了？上帝知道，我一生中从来没有任何时候比上个月更艰难，更多灾多难，更令人哀伤。我曾经不止一次地问自己：是否我的“拥护者”或说“替身”变成了一个恶魔，它反对我，将我关在门外，在我的路途中设置障碍。因为我一到这个狡诈的城市，就身陷世俗的地狱。如果不是为我妹妹，我早就扔掉了一切，回到我的隐居地，掸落我脚上的尘世泥土了。

今天早上收到你的电报时，我感到似乎从噩梦中惊醒。我回忆起了我们一道谈论精神和艺术时的欢乐时光。我全然忘记了那时我正处于一场激烈的厮杀中，我的大部队正处于紧张局势。接着，我回忆起了业已过去的和即将到来的烦恼，想起我被迫留在这儿是为了履行诺言，执行约定。米哈尔，这星期我要从自己的书中选出两篇文章，奉献到喜欢这种思维与表达方式的“体面的”读者面前——第一篇选自《疯人》和《先驱》，第二篇选自《先知》。然而，把我缠在这城市不能脱身的那些事情，还将迫使我在这儿多待十天：整天无所事事，既没可写的要写的，也无可读的要读的。整天都与枯燥为伍，心里布满了荆棘和虫瘿，枯燥用钢锉般锋利的手掌撕裂心灵。

我没有忘记，下星期三是“笔会”聚会的日子，但当我“鞭长莫及”之时，我应该做些什么呢？我希望你们聚会时讨论决定什么是有用的，我还希望你们用善良的词语忆起我，因为这些天来我极其需要朋友们的美好祝愿，以及崇拜者的衷心祈祷。我非常需要真诚的眼睛投来甜蜜的一瞥。

我们在巴西的兄弟赠送的礼物大概已经到了白宫，美国总统将会说句话来感谢他们的仁慈、慷慨和善意。但是，从遗忘之海扑来的巨浪会将此事从头到尾淹没掉。《艺术》杂志仍在沉睡，“笔会”还很穷，而我们在巴西和美国的兄弟既没想到前者，也没意识到后者的存在。米夏，这些人是多么奇怪，我们都是身处其中的陌生人！

纪伯伦

※ 致艾米尔·泽代书 ※

（1922 年下半年）

艾米尔·泽代是埃及出版的一份著名的阿拉伯语杂志《新月》的编辑，纪伯伦曾给该杂志写过不少文章。

我的艾米尔兄弟：

……我原打算今年访问埃及和黎巴嫩，但病魔缠身一年，工作却要推迟两年，这一系列我同你谈起过的文学交流活动都要推迟。我得在这个乡村里待到英文版的《先知》一书脱稿，同时也将完成我曾许诺过的绘画作品。

尽管有的朋友写信对我说，东方有时会让我失望，会使我宁愿流落生活在陌生人中间，也不愿意流放生活在亲戚朋友间。但我还是执着地向往着回到东方。我应该回“老家”，亲眼看它究竟变成什么样了。

愿你永远是纪伯伦的好兄弟。

纪伯伦

※ 致米哈尔·奈美书 ※

（1923 年 8 月 11 日，波士顿）

奈美和奈什伯共同写了一首诗，并答应寄给纪伯伦。同时，他们要求拉什德和纪伯伦也写点东西给他们发表。然而，拉什德对此一再拖延，这使得纪伯伦感到单枪匹马，无法上阵。

亲爱的米夏兄弟：

早上好！得知你的《筛子》一书业已出版，感到十分高兴。但是，我要坦率地告诉你，我不喜欢，因为它出版于今年这个时候，尽管我知道，此书具有独到的见解，在同类作品中不可多得，而且此书的价值也与季节或年份无关。别放在心上，出版了就出版了。

我和阿克曼德瑞特·贝歇一起，花了很长时间校对《疯人》和《先驱》的译稿。尽管我有点觉得不服气，但我还是很欣赏这个人的热情和决心。在校对和修改完成时，他对我说："我将把这两本书的译文交给米哈尔·奈美和奈什伯·埃瑞达，请他们在评论时不要心慈手软。"我喜欢他这种得体的做法，我知道他的确在寻找启迪。

离开纽约后，我没有干过任何比想出一些标题、修正一些以前的观点更值得一提的事。米夏，我觉得妹妹家里井井有条的生活与我的创造力背道而驰。奇怪的是，动荡不安的生活反而使我的想象力得到最好的发挥。

很高兴将收到你和奈什伯的新诗，但在你们俩面前我只好两手空空，无地自容。如果拉什德继续拖延，我一个人是无法上阵的。如果他还是老样子，我不知道他将如何让他的诗集出版。

将我的祝福和爱带给我的兄弟们，告诉他们：没有他们，生活简直悲惨至极。上帝保佑你，愿你永远是纪伯伦的好兄弟。

纪伯伦

※ 致米哈尔·奈美书 ※

（1923 年，波士顿）

我亲爱的米夏兄弟：

原谅我长久的沉默，帮助我取得你的兄弟们和我的兄弟们的谅解吧。今年夏初，医生告诉我要禁绝一切写作，而我在经过了一场在我和我的意愿同我妹妹以及一些朋友的意愿之间的激烈斗争之后，终于向医生屈服了。结果似乎还不错，因为我现在比前两年的任何时候都要接近正常的健康状况。远离繁荣的都市，在海边或森林边上过一种简单宁静的生活，我的心能够平静下来，我那颤抖的双手也不再抖动了，这使得我能为你写下这几行字。

两三个星期之后，我将回到纽约，又能和兄弟们见面了。等到他们把我拥入怀中，我就知道他们是多么友爱了。一个乞丐是不能强行向人索讨的，正如一个罪犯不能提任何条件一样。

这是三个月来我给你写的第一封信！

寄予你们万千的祝福。愿上帝保佑你，你永远是纪伯伦的好兄弟。

纪伯伦

※ 致米哈尔·奈美书 ※

（1923 年，波士顿）

祝贺你《筛子》一书的出版。毫无疑问，它将是吹掉我们的文学森林里残枝败叶的神圣暴风雨中的一丝柔风。我把你的书从头至尾读了一遍，越发相信久已向你表述过的那个事实——如果你不是一个诗人或作家，你就当不好一个批评家，你就不会成功地撩起帘子，揭开诗歌、诗人、写作和作家的奥秘。我说，米夏，如果你不是在心底承担起诗歌的任务，你就不会发现他人诗歌般的经历。如果你不曾在诗歌的花园里漫步，你也不会反抗那些只走在黑暗狭隘的节奏和韵律的道路上的人们。塞恩特·比尤夫、拉斯金、沃特·佩特都是艺术家，但他们批评别人的艺术作品时，都是借助内在的感觉，而不是借助后天获得的品味来进行评价。来自内心的精神之光是一切高尚美丽的事物的源泉。这种光使批评变成一种精妙而灿烂的艺术。没有它，批评就过于牵强，枯燥乏味，没有明显的说服力。

是的，米夏，你首先是诗人和思想家，你的批评的独特魅力就是你的敏锐的诗的思考与感情之结晶。不要再提“鸡蛋”[①]的例子了——我永远都不会接受——因为它充满了空洞的争论，而不是令人信服的逻辑。

纪伯伦

※ 致米哈尔·奈美书 ※

（1924 年 9 月 7 日，波士顿）

显然，1924 年，叙利亚人筹集了一笔资金，建了一座孤儿院，纪伯伦称之为“在美国的最高尚的

① 纪伯伦指的是一个古老的阿拉伯话题：是鸡生蛋还是蛋孵鸡。

叙利亚孤儿院”。他曾计划出席孤儿院的落成典礼，但到了动身的时候，却因胃疼病倒在波士顿。

亲爱的米哈尔：

几天来，我一直待在房间里，刚刚得以下床给你写这封信。你知道，我离开纽约时身体就不舒服，从那时起就一直和我胃里的毒物作斗争。要不是因为这个，我早就毫不犹豫地去参加那天孤儿院的落成典礼了。

米夏，你知道，无论我的工作多么重要和紧迫，都不会使我耽搁几天，尤其是我要去参加美国最高尚的叙利亚孤儿院的落成典礼的时候。我恳请你代我向大主教致歉，并向他解释我不能到场的真实原因。

纪伯伦

※ 致米哈尔·奈美书 ※

（1925 年，波士顿）

《旅行者》的拥有者和编辑埃达尔·玛夏曾经请纪伯伦为他的年刊特辑设计一个封面，这个年刊将以杂志的形式出现，而不是一份囊括“笔会”成员和其他阿拉伯作家诗歌、散文、故事、绘画的报纸。

亲爱的米夏：

愿你平安无事。根据你的要求，我刚把《旅行者》特辑的封面设计寄走。请告诉埃达尔·玛夏，完成制版后，请为我把这个设计保存好。

我想知道，你是否在隐居中找到了孤独和宁静？我担心你会感到那儿很冷，我该告诉你，电器设备会使房间的每个角落都很暖和。当然，温暖的心灵是不需要外热使其暖和的。

一个星期左右我将回纽约。不管怎样，我们可以海阔天空地畅谈一番。上帝保佑你，米夏，愿你永远是纪伯伦的好兄弟。

纪伯伦

又及：我将于十天之后回纽约，上帝保佑，我们可以进行一番长谈，为拉什德书中的插图定稿，此外，我们还可以分享一些美梦。

※ 致埃德蒙·韦伯书 ※

（1925 年 3 月 12 日，纽约）

埃德蒙·韦伯将《十字架上的人们》一文从阿拉伯文译成法文，发表在贝鲁特出版的一份法语日报

《叙利亚》上。译者将译稿和一封措辞得体的信函一同寄给了作者。为此，纪伯伦写了此信作为回复。

亲爱的兄弟：

一切平安。收到大函，十分高兴。它使我看到你广博的学识、高洁的灵魂和你对艺术及艺术家的热情。我希望自己能无愧于你在信中给予我的赞赏和荣誉。我也希望自己能不辜负你对我寄予的厚望。

我怀着十分敬仰的心情读了《十字架上的人们》的法文译本。然而，我对今天的叙利亚和黎巴嫩青年的素质，对他们只顾学习外国语而忘却母语的倾向，感到十分不安。这激发了你翻译的热情，特别是为那些年轻人翻译用他们祖先的语言写成的文章。

你对“笔会”及其工作人员的热情，充分显示了你心中的热忱和你灵魂想要得到升华的愿望。现在，我代表“笔会”的弟兄和同仁，向你表示衷心的感谢。

请接受我真诚的崇敬和美好的祝愿，愿上帝保佑你。

纪伯伦

又及：请代我向我的文学友人费里克斯·费瑞斯问好，祝他幸福。

※ 致梅·依安黛书 ※

（1925 年）

亲爱的梅：

……我应该怎么向你诉说我的成败得失呢？一年前，我还生活在平和与宁静之中。但今天，这份宁静变成了喧嚣，这份平和变成了争斗。那些人在他们的争斗和欲望中吞噬了我的日日夜夜，淹没了我的生活。有好多次，我逃离这座丑恶的城市[①]，到一个偏僻的角落，避开那些人，躲开自己的影子。美国人精力可真充沛，他们从不放弃，不疲倦，不睡觉，也不做梦。如果他们厌恨谁，他们会用疏忽怠慢将他置于死地；而如果他们喜欢或爱上谁，他们的感情会像雨点一样劈头盖脑地向他砸去。想住在纽约的人必定是一把蜜鞘里的锋利宝剑。剑是用来驱逐那些想耗人时间的人，蜜是为了缓解他们的饥饿。

我赴东方的那一天已为期不远了。我对祖国的渴望几乎将我的心融化了。要不是因为我亲手编的鸟笼，我早就乘上了驶向东方的第一艘航船。但谁能毅然决然地离开他住了一辈子的大厦呢？尽管那座大厦是他的牢房，拂袖而去仍是很难办到……

---

① 指纽约。

……所以你希望我笑一笑，宽宏大量。从今天早晨起，我就一直在笑，而且这笑已渗入了我的心底。我一直在微笑，好像我生来就是为了笑一样……不过，“宽恕”可是个可怕的字眼，它使我感到坐立不安，羞愧难当。一颗谦卑到如此程度的高尚灵魂，距离天使比距离凡人还近。我应该受责备，而且我在沉默和绝望之中做错了事，正因为如此，我请求你原谅我的所作所为，并原谅我本人。

纪伯伦

※ 致梅·依安黛书 ※

（1926 年）

亲爱的梅：

……你说我是个诗人和艺术家。梅，我既非艺术家，也非诗人。我只不过是以写写画画打发时光，与我的日日夜夜并不相干。我是一片云，梅，一片缠绕着物体但又从不与之联为一体的云。我是一片云，云里有我的寂寞，有我的孤独、我的饥饿和我的渴求。但是，我最大的不幸正是因为这一片云，它想听别人说：“在这个世界上你并不孤独，因为我们俩在一起，而且我知道你是谁。”

……梅，告诉我，在哪里，有谁能够并且愿意对我说：

“我就是一片云，哦，云，让我们铺散在山巅峡谷里吧！让我们在枝头树梢间漫游，让我们把岩石包裹起来，让我们穿过人类的内心，让我们徜徉在不知名的遥远的城堡吧。”告诉我，梅，有谁能够并且愿意对我说哪怕是其中的一句？

纪伯伦

※ 致梅·依安黛书 ※

（1928 年）

亲爱的梅：

从我还是个孩童起，我就得感谢妇女，为了可以称之为“我”的一切。女人打开了我眼睛的窗子和心灵的门户，要不是因为母亲、姐妹以及女友，我会一直沉睡在那些用鼾声寻找世界的安静的人群之中。

……我在病中找到了乐趣。这份乐趣效果独特。我发现了一种宁静，这使我爱上了生病。生病的人，与人们的争斗、索要、约会、职位、没完没了的交谈、响个不停的电话铃声无缘。生病期间，我还发现了另一种更为重要和无法估计的享受。我发现生病比健康时离抽象的事物更近。当我将头枕在枕头上，闭上眼睛，伸个懒腰时，我发现自己像只鸟儿一样飞翔在静谧的山谷和森林上空，裹在薄薄的纱里。我看见自己靠近那些我打心眼里热爱的人们，同他们交谈，没有怒气，有的只是与他们一样的感情。他们抚摸着我的额头，赐福于我。

……我希望自己在埃及或祖国病倒，这样也许可以与我的所爱[1]靠得近一些。你知道吗，梅，每一个清晨和傍晚，我都想象自己在开罗的家中，你坐在我面前读我上次写的文章，或是你尚未出版的文章。

……梅，你知道吗，每当我想到“离去”，即人们通常所说的“死亡”时，就会在这种遐想中找到快乐，并且非常渴望这种“离去”。但是，当我回过神来，我就记起我有一句话必须说。在我的无能和义务之间，我变得不知所措，只得放弃希望。是的，我还没有说那个词呢，只有青烟从这缕光中冒出来。这使我感到停止工作比苦胆还苦。梅，我对你说的这些话，不会再对其他任何人说。如果在我拼出读出这个词时我还没离开，我会回来说这个现在像云彩一样高悬在我心灵上空的词。

……这声音听起来奇怪吗？最奇怪的事最接近事实。在人的意愿中，有一股渴望的力量能使我们心中的雾变成太阳。

纪伯伦

---

① 写此信时，梅正住在埃及的开罗。

※ 致米哈尔·奈美书 ※

（1928年，波士顿）

此信写于1928年。此时，纪伯伦的《人子耶稣》由阿尔弗雷德·A. 那波夫出版。在这本书里，纪伯伦借由看见过耶稣的79个人之口讲述耶稣。书中最后一个谈及耶稣的人来自黎巴嫩，生活在20世纪。

从下面这封信中，可以知道这本书是他病中写就的。

亲爱的米夏：

愿你一切平安。你是多么善良，以你那颗典型的硕大心灵来询问我的健康。我深受一种名叫夏日风湿症的疾病之苦，这种病会随着夏日和夏日炎热的消失而消失。

我知道你三个星期以前就回到了新巴比伦。告诉我们，噢，青春，你带回了什么宝贝作为你肉体和灵魂不在时的收获？我一星期之后回纽约，届时我可要搜搜你的腰包，看看你带回了什么。

那本关于耶稣的书占用了我的整个夏天，我的身体时好时坏。我要告诉你，我的心仍在那本书上，尽管它已出版，从这个笼子里飞走了。

纪伯伦

※ 致米哈尔·奈美书 ※

（1929 年 3 月，波士顿）

信中提到的《先知园》一书是在纪伯伦去世后两年，即 1933 年，由阿尔弗雷德·A. 那波夫出版的。纪伯伦生前未能完成此书。这本书后来由巴巴拉·杨格，即研究纪伯伦的著作《这个来自黎巴嫩的人》的作者完成的。

亲爱的米夏：

你时常询问我的健康状况，真是对我关怀备至。米夏，我目前情况尚可。风湿症的疼痛业已消失，肿块也已萎缩下去了。但这病患却进入了比肌肤、骨头更深的地方。我时常纳闷，自己身体是好了呢，还是仍在生病。

米夏，经常在健康和患病之间徘徊实在是一种困境。它是我生命的一个季节，在你我的生命里都有冬季和春季，只是你我并不十分知道究竟更喜欢哪个。咱们下次见面时，我会告诉你发生了什么。你也就会知道，为什么我曾对你大叫:“你有你的黎巴嫩，我有我的。”

水果中没有什么能与柠檬相比，我每天都吃柠檬……我把其余的全留给了上帝。

上封信里，我告诉过你，医生不许我工作。然而，除了工作我不能干别的事情。工作至少可以用用我的心，或者至少可以出出气……你的那本由米开朗琪罗、莎士比亚、斯宾诺莎和贝多芬四人故事组成的书怎么样了？如果我把他们的成就归结为不可避免的痛苦、雄心、“侨居”和希望徘徊在人类心中的结果，你会说些什么？你对这类书的意见如何？

那本书就说到这儿。至于《先知园》的写作，当然已经决定了。我发现现在远离出版商是明智之举。

代我向弟兄们问好。上帝保佑你仍然是纪伯伦的好兄弟。

纪伯伦

※ 致米哈尔·奈美电 ※

（电报日期：1929 年 3 月 26 日）

亲爱的米夏：

我深深地被你的电报打动了。我现在好多了。恢复健康得慢慢来。那比生病更糟糕。我的一切将渐渐好起来。我爱你以及所有的同志们。

纪伯伦

※ 致米哈尔·奈美书 ※

（1929年5月22日，波士顿）

米夏兄弟：

我感到今天比离开纽约时好多了。我需要远离喧嚣的社会及其问题，这个愿望是那么强烈！我离开城市去休养一段时间，但我在精神和感情上都和你们离得不远。不要忘记我，经常与我保持联系。

寄予你，还有埃达尔·玛夏、拉什德、威廉、奈什伯以及“笔会”的每一个成员万千祝福。

愿天国保佑你，赐福于你，兄弟。

纪伯伦

※ 致梅 · 依安黛书 ※

（1930 年）

亲爱的梅：

……有许多显而易见的因素和其他一些因素的事，需要同你讨论。不过，对此我必须保持沉默，闭口不言，直到云彩散去，时代之门打开。于是，上帝会告诉我：“说吧，沉默的日子已经过去；走吧，你在疑惑的阴影里已经拖延得太久。”哦，不知此门何时开，云彩怎样才会消散？

……咱们已经到达了山巅，平原、山谷和森林尽收眼底。咱们休息一会儿吧，梅，说一会儿话。咱们不能在这里停留太久，因为我看到远处还有更高的山峰，咱们必须在太阳下山之前赶到那儿。慌乱之中，咱们已穿过崎岖不平的山路。我向你承认我总是匆匆忙忙，我做的事并非件件明智。但是，生命中不是有些连智慧之手也够不到的东西吗？等待是时间的脚步，梅，我总是在等待那些未知的事物。有时，我们似乎在等待那些没有发生过的事情发生。我像那些经常坐在湖边的虚弱的人们一样，等待着天使来搅动湖水。现在，天使已把湖水搅动，可是谁来把我扔进去呢？我将一眼不眨，一步步坚定地走向那个可怕而迷人的地方。

纪伯伦

※ 致梅·依安黛书 ※

（1930 年）

亲爱的梅：

我的身体比夏初更糟了。我在海边和乡间度过的几个月，越发拉开了我的肉体与精神的距离。但是，这颗惯于每分钟跳动一百多下的奇怪的心脏，现在却慢了下来，在毁掉了我的健康并耗尽了我的财富之后，开始趋于正常。休养在一定程度上对我是有用的，但医生的药对我的疾病的作用，却像油之于油灯。我再也不需要医生及其药物，也不需要休息和沉默了。我极其需要一个能减轻我的负担，使我得到解脱的人。我需要精神处方——需要一只手能够减轻我阻塞的心灵。我需要一阵强劲的风，吹落我的果实和树叶。

……梅，我就像一座出口被堵住了的小火山。如果今天我能写出一些美妙精彩的文字，就说明我的病已完全治愈。如果我能大叫出来，我就能恢复我的健康。也许你会对我说："为了治病，何不写点东西呢？为了恢复你的健康，何不大喊大叫一阵呢？"我的回答是：我不知道。我不能放声大叫，这正是我的痼疾所在；这是一种精神疾患，症状却表现在身体……你也许又会问："那么对这种疾病你该怎么办？结果将会怎样？你还将在这种困境中待多久？"而我要对你说，我将得到治疗，我将唱出我的歌，然后再休息，我将放声高叫出那从久久沉默中释放出来的声音。看在上帝分上，请不要对我说：“你已经唱得够多了，你唱得非常动听。”请不要对我提起我的当年之勇，因为对这些事情的回忆常常刺痛我的心，其微不足道会使我的热血变成熊熊燃烧的大火，其枯燥乏味常使我的心灵感到干渴，其不足之处常使我坐卧不宁。过去，我为什么写出所有那些文章和故事？我生来就是为了活着，为了写一本书——仅仅是一本薄薄的书——我生来就得活下去，就得忍受折磨。为了说一个充满生机的长着翅膀的词，我再也不能沉默了，直到生命通过我的嘴唇说出那个词。我不能做到这一点，因为我就像天真的孩子一样喋喋不休。这真是羞耻，而我的心灵充满了悔恨，因为直到我的喋喋不休耗尽我的精力，我还是个话匣子。当我能够讲出这个词的第一个字母时，我发现自己口含石头，仰面倒地……然而，我要说的这个词仍然藏在我心里。为了洗刷我的喋喋不休所犯的罪过，我必须说出这个充满生机而又长着翅膀的词。

火炬将会点燃。

纪伯伦

※ 费瑞斯致纪伯伦书 ※

（1930 年）

当黎巴嫩著名作家费里克斯·费瑞斯听到他所敬仰的纪伯伦患病时，他感到过于悲伤，以至于忘记了自己的病痛。于是，他给纪伯伦写了下面这封信。纪伯伦的复信附后。

……纪伯伦，知道你得病，我感到比自己得病更痛苦。来，让我们一同去肉体的故土，在那儿重获生机吧。当阵痛像暴风雨一样袭击一个人时，肉体就会向往大地，灵魂就会渴求实体。

来吧，我的兄弟，让我们丢弃那些破碎的东西，带着那完美无缺的东西，共同飞向静默之地吧。我心中翻腾着对你的渴望，如同我渴望去存放心灵的地方一样。在贝鲁特，在港口，我的眼睛会久久地凝视圣雪松的中心，我们祖国的天堂。有你在我身边，纪伯伦，我的灵魂会注视着永恒的圣雪松，仿佛它处在真正天国的彼岸。让我们战胜和治好我们的疾病吧。这个让你多少年来厌倦已久的文明，许多个月以前也使我精疲力竭了。来吧，让我们一同躲到雪松和松树的树荫下，细细察看我们的创伤，因为在那儿我们都靠近大地，挨着天堂……我的眼睛非常想看到大地的泥土，泥土中所包含的一切在那个神秘的世界里至关重要。

相信我，纪伯伦，自从上次我的眼睛看到东方，看到你我的家园以来，我再也没有见过怒放的鲜花，没有闻过沁人心脾的芳香，没有听过夜莺的歌声，也没有感到从我耳际掠过的欢快的微风。

来吧，让我们一同唤醒那蛰伏的苦痛——让祖国纯净的天空听一听你美妙的歌声，让你的纸和笔画下铭刻在你记忆里的原有的一切吧。

费里克斯·费瑞斯

※ 致费里克斯·费瑞斯书 ※

（1930 年）

我亲爱的费里克斯：

……咱们俩同时被一支箭射中了，这一点不奇怪。我的兄弟，疼痛是一只无形而有力的大手，能把石头的皮剥蚀下来，而吃到其中的肉。我仍然受医生的摆布，仍然得服从于他们的忧心与措施，直到我的身体起来反抗，或是我的肉体起来反抗灵魂的那一天。叛乱总是以降服的面貌出现，降服又总是以叛乱的形式出现，但无论我反抗与否，我必须回黎巴嫩，必须撤离这个轮子上的文明。然而，在我弄断这捆绑我的绳索和链条之前，我认为，不离开这个国家是明智的，绳索和链条何其之多！我希望回到黎巴嫩，并永远留在那儿。

纪伯伦

译后记

所谓名家名作，就是人人知道其人其书，但未必人人了解，人人读过。纪伯伦，就是这样一个名家。

纪伯伦·哈里勒·纪伯伦（1883—1931）是黎巴嫩著名诗人、作家、画家和哲学家，也是“旅美派”代表人物和“笔会”的领导人。1883年，纪伯伦出生于黎巴嫩北部山乡贝舍里。1895年6月他12岁时，随母亲去美国波士顿，在当地一所公立学校上了两年半学，后转入一所夜校学习一年。之后，他坚持于1898年回到祖国，在贝鲁特的希克玛学校（睿智学校）学习阿拉伯文、法文和绘画。1902年，再次赴美。1908年，他去法国，入巴黎艺术学院，师从雕塑大师罗丹学习雕塑和绘画，才华初露。1911年，他回波士顿，次年迁居纽约，但每年仍去波士顿，住在妹妹马利亚娜家里，直至1931年在纽约去世。

纪伯伦的小说、散文和诗歌都很出名，他因而被誉为“20世纪的威廉·布莱克”。纪伯伦的作品以“爱”与“美”为主题，歌颂母爱，表达热爱祖国、热爱自然、思念故乡等强烈的民族感情。他那伤感的情调和奇丽的比喻，形成了独特的艺术风格，英语中甚至有了“纪伯伦体”（Gibranism）这个词。他的作品已被译成几十种文字，数十年来不断再版。

本书从英文译出，包括*Spiritual Saying of Kahlil Gibran*和*Kahlil Gibran: a Self-portrait*两本书。前者收录的是格言和哲理诗歌、哲理散文等，充满着对人生和社会的思考；后者是纪伯伦与亲友之间的来往信件——纪伯伦在无意中勾勒出的自画像，读者可以从中看到他的友情，尤其是他与女作家梅之间独特的爱……这些用诗的语言表达出来的哲理，绝大部分是首次与中国广大读者见面。

1931年，作家冰心翻译了纪伯伦的散文诗集《先知》，率先将纪伯伦介绍给中国读者，又在1962年译出另一部散文诗集《沙与沫》。此后，纪伯伦的不少作品相继有了中译本，逐渐为中国读者了解和热爱。

1989年4月，承蒙冰心先生于百忙中垂阅了本书译稿，鼓励说“译笔很好”，并欣然赐写了书名；1993年3月，《人生箴言录》由漓江出版社出版；1993年11月24日，译者有幸在冰心先生府上面呈样书并聆听教诲。

2022 年，本书译文经修订后再次由漓江出版社出版，献给新一代的读者。让历史告诉未来：纪伯伦，他不属于一个时代，他属于所有的时代。

译　者

2022 年 3 月于上海